PORTH

I'm rhieni

PORTH

Luned Aaron

Argraffiad cyntaf: 2023

© Hawlfraint Luned Aaron a'r Lolfa Cyf., 2023

Mae hawlfraint ar gynnwys y llyfr hwn ac mae'n anghyfreithlon i lungopïo neu atgynhyrchu unrhyw ran ohono trwy unrhyw ddull ac at unrhyw bwrpas (ar wahân i adolygu) heb gytundeb ysgrifenedig y cyhoeddwyr ymlaen llaw.

Dymuna'r cyhoeddwyr gydnabod cymorth ariannol
Cyngor Llyfrau Cymru.

Cynllun y clawr: Sion Ilar
Delwedd y clawr: Luned Aaron

Rhif Llyfr Rhyngwladol: 978-1-80099-514-7

Cyhoeddwyd ac argraffwyd yng Nghymru gan
Y Lolfa Cyf., Talybont, Ceredigion SY24 5HE
gwefan www.ylolfa.com
e-bost ylolfa@ylolfa.com
ffôn 01970 832 304

CARGO

Ti ydi'r unig un y medra' i ymddiried ynddi, er nad ydan ni wedi cyfarfod. Rydan ni'n un.

Mi ofynnodd hi a o'n i eisiau gwybod. Wyneb ffeind fel chwaer fawr ganddi. Pan does gen ti ddim dewisiadau o fath yn y byd, mae penderfyniad fel yr un yna'n un anodd ei wrthod. Mi enwodd hi'r holl rannau pwysig yna sydd y tu mewn i ti. Siambrau'r galon, yr ymennydd, yr ysgyfaint… Ac roedd dy ddwylo bach o dy flaen fel taset ti'n gweddïo.

Zwischen ydi'r term Almaeneg am y teimlad yma. Dwi'n cofio dysgu hynny yn yr ysgol. Yn ein hiaith ni, në mes – y teimlad yma o fod rhwng deule, wrth i mi dy ddisgwyl i gyrraedd y byd creulon, rhyfedd, rhyfeddol hwn.

Felly, merch wyt ti, fy mechan i. Fy merch fach i.

* * *

Does dim llawer o amser wedi bod ers i ni gyrraedd y Tir Diarth. Dwi wedi brwydro droeon i geisio anghofio ein taith draw yma. Wedi trio pob sut i wasgu'r atgofion hyll i ryw gilfach, ond fedra' i ddim… Bosib fod yna reidrwydd arna' i i'w rhannu nhw hefo ti. Ti oedd fy nghydymaith wedi'r cyfan.

Mi deimla' i chdi'n rhoi tro bach chwareus. Dwi'n anadlu'n ddwfn i grombil dy fod.

* * *

Bellach, mi alla' i anwesu dy fymryn chwydd sy'n tyfu'n blygeiniol,

   ond ffeuen fechan oeddet ti ar y pryd;

   Finna' wedi gwneud fy syms – y gwybod sicrach na dim am dy fodolaeth.

   Gwybod greddfol geneth.

   Gwybod mai dim ond dianc oedd i fod.

* * *

Ar ôl i ni gael ein sleifio i mewn, mi gaeodd y drws yn glep.

Fel caead arch, dwi'n cofio meddwl,
wrth i mi ddal fy ngwynt,
heb ddirnad beth oedd eto i ddod.

Roedd fy nghalon yn dyrnu yn fy mrest wrth i'r tywyllwch gau amdanom fel amdo
   cyn cael ein llusgo ymlaen yn ara' deg bach.
   Ymlaen i'n dyfodol;
   ein dyfodol diddyfodol –
   Y symud di-droi'n-ôl…

Roedd chwys ar fy ngwar.
Doedd dim drws agored.
Faint o oriau –
Faint o ddiwrnodau fyddai eto i ddod?

* * *

Dim ond un enaid arall a rannodd yr hunllef hwn gyda ni.
   Alara…
   Un denau, fregus, oedd hi;
   ifanc fel finna', ond ddim mor ifanc ychwaith.

Llen o wallt du fel y nos yn fframio ei hwyneb gwelw;

ei llygaid llawn braw yn byllau dyfnion wrth i'r drysau gau.

Fedren ni ddim siarad â'n tafodau dieithr –
Dim ond sibrwd ein henwau'n isel.
Mi allwn i glywed ei gweddïau, er nad o'n i'n eu deall;
gweddïau taer trwy gydol ein huffern o daith.

Hoffen i fod wedi gallu ei helpu, ond roedd gagendor rhyngom
a ninnau wedi ein sodro yn ein corneli.
Byddwn i wedi gallu dal ei llaw –
cydio amdani –
cynnal ein gilydd yn ein gwendid petaem yn agosach.

Tybed pa feddyliau tywyll fu'n ei phlagio?

* * *

Chafon ni wybod dim pan gymeron nhw'r papurau o bwys.
Ufuddhau'n wasaidd.

Dyna oedd disgwyl i ferched di-lais fel ni ei wneud.
Cau ceg.
Dweud dim.
Dilyn y drefn.

Petai gen i fy ffôn wrth law,
mi fyddai hwnnw wedi bod yn rhyw fath o gysur –
yn rhyw fath o oleuni o leiaf –
cyswllt â'r byd go iawn.
Ond chawn i ddim meiddio cysylltu â'r un bod byw, yn na chawn?
Bu'n rhaid imi roi fy ffôn yn nwylo'r dyn diarth.
Mi gymeron nhw bob dim.

Ac eto, welson nhw mo'r mwclis brau o dan blygiadau fy nillad;
rhodd hael fy chwaer i mi ar fy neunawfed penblwydd,
â'm henw arni'n ffaith wedi ei gerfio,
yn brawf o fy modolaeth.
Mi fyseddais ei fetel eto ac eto â'm dwylo crynedig,
wrth geisio magu nerth yn nhywyllwch y daith.

* * *

Ar brydiau, roedd caneuon 'mhlentyndod yn croesi teithi fy meddyliau cythryblus;

byddai'r munudau'n sleifio heibio ar yr adegau hynny wrth i mi ailadrodd eu cysur fel mantra:

minnau'n gobeithio y cawn innau, rhyw ddydd, eu canu i ti.

Ar adegau eraill, byddwn yn gweld tirluniau bro fy mebyd yn fy meddyliau;

a byddai'r golled yn fy llorio.

* * *

Doedd yna'r un ffenest yn yr arch symudol.

Dim llygedyn o ola'.

Fedrwn i weld yr undim –

dim hyd yn oed fy nwylo fy hun.

Feddyliais i erioed mor frawychus fyddai dioddef diwrnodau heb oleuni.

Yn groes i'r graen.

Mor annaturiol...

Ond tywyllwch gwahanol oedd yn gwmni i ti, dwi'n gwybod.

Tywyllwch saff yn nyfnder dy fod.
Roedd hynny'n rhyw fath o gysur.

Dwi'n cofio estyn fy nwylo o fy mlaen;
ysu am ryw gadernid oeddwn i.
Rhywbeth i'n sadio wrth i'r ddaear symud a symud a symud oddi tanom.

Caer oedd yn ein hamgylchynu ni.
Mur caled o focsys yn ein cadw yn ein lle.
Doedd dim posib eistedd hyd yn oed –
Dim ond sefyll.
Sefyll, ac aros.
Aros.
Goroesi…

* * *

Theimlais i erioed y ffasiwn wendid.
   Y fath ddiffyg rheolaeth a hunan-barch
   wrth i mi orfod ildio i'r cyneddfau oedd y tu hwnt i mi.

Sawl tro mi feddyliais i mai hyn fyddai'n diwedd ni.

Ro'n i wedi clywed am realiti'r teithiau hyn o'r blaen, yn toeddwn?

Clywed hynny o bell, heb amgyffred mai yno byddwn inna, hefyd, rhyw ddydd.

Hanesion am yrwyr lluddedig yn agor y drysau trymion ar linell derfyn y daith.

Cyn cyfogi wrth weld...

cyrff yn sypiau –

canlyniad erchyll yr amgylchiadau.

Roedd oglau drygioni'n drwch yno –

yn y man lle nad oedd goleuni.

* * *

Ar y diwrnod pan gyrhaeddon ni'r Tir Diarth, roedd fy nghoesau i'n bygwth ildio oddi tanaf.

Aros yn ei chongl wnaeth fy nghydymaith wrth i ni glywed ergyd y follt yn agor.

Gwrthod yn lân â symud...

Finna'n ei hannog i ddal ar ei chyfle a'n moment, o'r diwedd, wedi dod.

Hithau fel cwningen eiddil yng ngolau dirybudd modur – wedi ei pharlysu gan ofn.

Bygythiadau cras y gyrrwr wedyn cyn iddi gael ei halio'n ddiseremoni o'i chongl;

hithau'n rhythu'n ddiddeall arna' i dros ei hysgwyddau –

Alara druan –

reit i fyw fy rhai i –

wrth iddi gael ei hebrwng i rywle.

Duw a ŵyr i ble...

* * *

Fy wyneb oedd y peth cyntaf a welais ar y Tir Diarth,

Ond dynes ddiarth oedd yn syllu arna' i uwchben y sinc.

Roedd fy mochau'n rhaeadrau tywyll fel clown ar ddiwedd ei sioe.

Rhyw bowdwr oddi ar y bocsys oedd i gyfrif am y marciau mae'n siŵr, meddyliais i,

wrth droi'r tap a sgwrio fy wyneb syn.

Dwi'n meddwl bod hynny'n ddigon am y tro, fy mechan i.

CRAC

Diawlia Lisa ei hun. Yn ôl Alexa, mae hi'n chwarter wedi saith. Mae'n gas ganddi ruthro. Dyw rhuthro ddim yn rhan o'r cynllun.

Ar fore arferol, mi fyddai wedi manteisio ar lonyddwch y tŷ a chael ei hamser tawel erbyn hyn. Hanner awr dda o Ioga *Hatha* ar y patio, ymhell o'r teganau dan draed, cyn sesiwn myfyrio i gyfeiliant ei *app* meddylgarwch. Hynny, cyn yfed ei smwddi llawn egni o hadau acai, betys a llus. Fydd yna ddim llonyddwch yn ei chraidd mewnol heddiw, felly.

Wrth deimlo'r llawr derw o dan ei thraed, teimla'n anniddig yn sydyn. Yna, cofia. Y crac. Un salw siâp taran, a hynny reit ym mynedfa ei chartref. Crac tywyll, blêr, sy'n mynnu ei sylw bob tro y bydd hi'n cyrraedd neu'n gadael ei thŷ. Ymddangos yn bowld dros nos wnaeth e, a hynny ar ymylon un o'r teilsiau smart *art deco* yna brynodd hi. Mi gymerodd fisoedd o chwilota ar goridorau'r we cyn iddi ddod o hyd i'r union deilsen a fyddai'n asio â naws glasurol (ac eto, modern) yr aelwyd, heb sôn am yr holl awgrymiadau cynnil y bu'n rhaid iddi eu gwneud i ddarbwyllo Steve i fuddsoddi. Mynedfa cartref yw'r nodwedd gyntaf y bydd ymwelwyr yn ei gweld wedi'r cwbl, a doedd yr hen ddrws plastig a'r lloriau *laminate* ddim yn ddigon da.

Bysedda Lisa wyneb ei ffôn gan agor ei chyfrif *Pinterest*. Saif y drysau'n flociau lliwgar fel taflen baent *Farrow & Ball*, ac am ennyd mae'r drybolfa o liwiau'n dihuno rhywbeth ynddi. Dyw ei gwaith o ddydd i ddydd ddim yn cymell creadigrwydd, ond mae'r tŷ, rhywsut, fel cynfas glân yn rhoi'r cyfle iddi fynegi ei hun.

Astudia'r lliwiau'n ddyfal. Mae ambell un yn wironeddol drawiadol, ond mae Lisa'n ymwybodol fod angen meddwl am arwyddocâd y lliw y bydd hi'n ei ddewis. Ar brydiau, y melynwy chwareus a chadarnhaol sy'n apelio. Dro arall, y porffor tywyll brenhinol neu'r gwyrdd ymlaciol fydd yn mynd â'i bryd. Bydd angen mwy o ymchwilio cyn gwneud yr union benderfyniad, a bydd angen ystyried lliwiau drysau'r cymdogion hefyd, wrth gwrs.

Dim golwg o Steve eto'r bore 'ma... Rhaid ei fod e wedi mynd i redeg cyn cymharu ei bellter â phellterau'r deintyddion eraill ar y *strava*. Slawer dydd, mi fyddai wedi gadael nodyn *post-it* cyfeillgar i egluro unrhyw absenoldeb. Yn ddiweddar, mae fel tase ei gŵr yn fwy ymwybodol o'i grysau-t tyn nag yw e ohoni hi.

Clyw draed bach Deio'n tip tapian ar y trawstiau pren.

"Moyn cwason, Mami! Deio moyn cwason! Cwason, Mami! Cwason – nawr!"

Y tu ôl i flerwch ei wallt boreol, mae ei lygaid yn hanner agored. Meddylia Lisa mor giwt mae ei mab bach yn edrych yn ei byjamas streipiog. Edrychiad hen ffasiwn rywsut – glanwaith ac annwyl. Daw'r ysfa drosti'n fwya' sydyn i'w godi i'w breichiau fel babi a'i ddala yn ei herbyn yn dynn (i feddwl mai ohoni hi y daeth e i'r byd!). Mae'n ei godi ar ei glin ac arogli ei wallt yn ddwfn. Daw wyneb Deio'n agos at ei hwyneb hithau nes eu bod drwyn wrth drwyn. Edrycha'r ddau i fyw llygaid ei gilydd wrth iddo estyn ei ddwylo a chwpanu bochau ei fam yn benderfynol.

"'Da ti *crinkles*, Mami. *Crinkles* mowr, mowr!"

Beth sydd o'i le ar "Bore Da", meddylia Lisa, wrth godi ei llaw yn reddfol at ymylon ei cheg, at y llwybrau bach digywilydd yna sydd wedi gwneud eu presenoldeb yn fwy amlwg yn ddiweddar.

"Lot o *crinkles*!" pwysleisia Deio. "*Crinkles* bob man!" Pwyntia fys bach cyhuddgar at dalcen ei fam cyn anwesu ei dalcen ei hun sydd mor llyfn â lliain bord.

"Fan hyn…" – ac yna o amgylch ei llygaid – "… a fan hyn!"

O nunlle, daw delwedd o'i mab fel oedolyn i'w meddwl, yn prynu hufen croen drudfawr ar gyfer wyneb lledr, ganol oed, ei wraig. Gwyn ei fyd, meddylia Lisa. Fydd dim angen i'w mab wynebu heriau henaint, ddim yn yr un ffordd greulon â hi, beth bynnag. Gorfoda wên wrth agor y llenni ar ddiwrnod newydd.

"Mae'n ocê twts – mae Mami'n bedwar deg nawr. Ma' pethe fel hyn yn naturiol yr oedran 'ma."

Dawnsia Deio mewn cylch cyntefig o gwmpas traed ei fam gan dynnu'n wyllt ar odre ei gŵn nos.

"Pedwar deg! Pedwar deg! Ma' Mami fi yn bedwar deg!"

Mae'r ysfa i fagu ei mab yn ei breichiau wedi hen ddiflannu. Caffîn fyse'n dda.

Wythnos diwethaf oedd y diwrnod mawr pan ffarweliodd Lisa â'i thridegau. Ar ôl misoedd o boeni am beth i'w wneud i nodi'r garreg filltir, wynebodd y trothwy heb ormod o ffws. A dweud y gwir, o gymharu â nifer o famau eraill yr ysgol (oedd wedi mynd ar sawl trip tramor er mwyn dathlu'r digwyddiad unwaith-mewn-bywyd), chafodd hi ddim cweit digon o sylw. Roedd hi wedi awgrymu i Steve droeon y byddai penwythnos hir yn Efrog Newydd yn braf, gyda'r dewis cyfleus o adael

Deio gyda'i fam, ond mynnu rhoi'r flaenoriaeth i gostau codi'r estyniad wnaeth e.

Ta beth, fe bostiodd Lisa ddigon o luniau ar ei thudalen *Facebook* er mwyn i bobl wybod am y dathliad. Y llun cyntaf oedd rhes o gardiau pen-blwydd wedi eu gosod uwchben y lle tân newydd. A'r gacen ddewisodd hi, wrth gwrs – cacen wedi ei chynllunio'n chwaethus yn y siop arbenigol yn y Bont-faen, â blodau eisin cain yn plethu'n dyner o'i chwmpas. Mewn llun arall, roedd hi'n chwythu'r canhwyllau bach i'w diffodd, eu golau'n dawnsio'n bert ar ei hwyneb.

Gwnaeth yn siŵr ei bod hi'n cynnwys llun o'r esgidiau diemwnt newydd hefyd, yn ogystal â'r clustlysau *Tiffany* bach tlws y gofynnodd i Steve eu prynu iddi. Yn y llun olaf, roedd hi'n bedair oed unwaith eto, mewn dyngarîs melfaréd ar gefn meri-go-rownd yn Ynys y Barri, yn codi ei llaw yn hyderus at ei dyfodol, ei gwallt golau'n donnau meddal. Fe gafodd hi 337 bawd i fyny a chalonnau i'r neges honno, a thros ddau gant a hanner o sylwadau personol.

Mae'n awyddus i osgoi Dan y bore 'ma pan ddaw e draw i sortio'r crac. Digon posib mai Dan a'i ddwylo crynedig achosodd y crac yn y lle cyntaf. Fel sawl un arall o'r tîm, tuedda i adael y tŷ yn gynnar bob prynhawn er mwyn mynd am ddrincs yn *The Kings Arms*. Ond mae'n ddyn digon annwyl i weld, ac yn aml yn siarad am ei gynwraig sydd wedi ei hen adael bellach, â'u bechgyn yn ei chôl. Druan â fe... Bydd rhyw olwg bell yn aml yn gysgod ar ei wyneb blinedig wrth iddo hela atgofion taer am sut yr arferai pethau fod. 'Cannwyll ei lygaid' oedd hi, rhannodd â Lisa dros ei goffi cryf y tro diwethaf iddi ei weld. Allai hi ddim dychmygu Steve yn siarad amdani hi felly.

Mae Deio wedi llonyddu am y tro o flaen ei bestri a'i siocled poeth. Wrth baratoi ei choffi ewynnog, teimla Lisa ei chalon yn rhoi naid fach pan deimla oerni'r cownter o dan gledr ei llaw. Mae'n wir, meddylia – mae'r amgylchedd o'n cwmpas yn wirioneddol yn gallu effeithio'n gadarnhaol ar ein hemosiynau. Mynd am ddewis drutaf y siop wnaeth hi wrth ddewis deunydd y cownter, a doedd hi ddim wedi difaru am eiliad. Un folcanig oedd yn honni y gallai wrthsefyll pob math o gamdriniaeth oedd e. Mi fyddai deunydd o'r fath wedi bod yn fwy addas ar gyfer llawr yr ystafell gotiau, o bosib, ystyriai Lisa, gan fwydo'r llefrith almon i geg y peirant. Roedd hi'n falch fod y broblem yn mynd i gael ei sortio heddiw, ta beth, a byddai'n gyfle prin i dreulio'r diwrnod gyda'i mab, o ystyried cymaint o waith papur oedd wedi pentyrru yn y swyddfa'n ddiweddar.

Cyn ei throi hi, cymer gip sydyn ar y lluniau pen-blwydd ar ffrwd ei sgrin. Does dim llawer mwy o fodiau wedi eu codi ers iddi edrych y tro diwethaf.

***

Yn y car, aiff meddwl Lisa ar grwydr. Unwaith eto neithiwr, roedd Steve a hithau'n ffraeo fel ci a chath. Asgwrn y gynnen y tro hwn oedd yr hyn ddywedodd hi am yr adeiladwyr. Mae'n ymwybodol ei bod hi'n cael mwy o gwmni'r dynion dieithr yma na'i gŵr ei hun yn ddiweddar, a mentrodd gyfleu hynny wrth agor y pecynnau *Hello Fresh*. Oedd hyn yn normal holodd, ond doedd Steve ddim fel petai'n gofidio. Mae'n bosib mai gŵr sy'n rhoi ei benwythnosau i'r bois sydd ganddi erbyn hyn, ac mae hi'n dechrau dod i dderbyn hynny. Pan fydd y ddau yn achlysurol (bron yn annisgwyl) yng nghwmni ei gilydd, yna codi crachen am y tŷ fyddan nhw fel arfer, gan arwain at ffrae arall. Bod yn awyddus i gynnal safon mae Lisa, ac fe fydd hi'n aml yn datgan ei mantra "Prynu'n rhad, prynu eilwaith" fel rhyw fath o atalnod llawn ar eu dadleuon. Doedd Steve ddim o blaid gwario ar y glwyd electronig ym mynedfa'r dreif gyda'i system ddiogelwch, ond roedd y rhan fwyaf o'u cymdogion wedi dewis gosod un eisoes pan ddaeth y dyn i'r clos gyda'r catalog.

Pam nad oedd e'n gwerthfawrogi ei hymdrechion? Doedd ailstrwythuro'r tŷ cyfan, a hynny yn ogystal â chael gyrfa brysur fel cyfreithwraig ysgaru, ddim yn dasg rwydd. Petai hi'n onest, roedd yr holl ymdrech yn gallu teimlo fel gwaith cartref parhaus ar brydiau. Roedd 'na gymaint o bethau bach yn ei phlagio hi am y tŷ, er iddi ddisgyn mewn cariad â'r lle yr eiliad yr aeth trwy'r drws gyda'r gwerthwr tai. Cofia yn dda'r teimlad cynnes a'i meddiannodd pan gamodd dros y rhiniog y tro cyntaf hwnnw; yr ymwybod dwfn ym mêr ei hesgyrn mai yma oedd ei nyth i fagu teulu. Lle llawn potensial oedd eu darpar gartref bryd hynny, a'i bosibiliadau'n ddiddiwedd. Y noson gyntaf honno ar eu haelwyd newydd wedyn; Steve a hithau'n dathlu ynghanol y bocsys heb eu dadbacio; gloddest y tecawê a melyster y *cava*, cyn caru'n glòs ar feddalwch y rỳg. Teimlai'r noson honno fel oes gyfan yn ôl erbyn hyn.

Wrth feddwl am Steve, teimla'r dicter yn ei chnoi wrth iddi ail-fyw ffrae arall ddiweddar. Ffrind o gynhyrchydd teledu wnaeth gysylltu â hi ar ei *WhatsApp* gan gynnig eitem yn darlunio'r datblygiadau yn eu tŷ ar raglen dai poblogaidd. Cytuno wnaeth Lisa ond gwylltio'n lân wnaeth Steve wrth gwrs. Neithiwr, a'i fam yn glanio'n fyr rybudd (a heb wahoddiad, fel y byddai'n dueddol o wneud) – dim ond dangos yr ystafell wisgo newydd iddi wnaeth Lisa, ond gwnaeth

Steve edliw, wedi iddi adael, na ddylsai fod wedi fflachio ei phres yn wyneb ei fam. Roedd cyd-fyw gyda'i gŵr fel cerdded ar blisgyn wy.

Ychydig wythnosau yn ôl, roedd y ddau wedi cael eu ffrae waethaf un. Dim ond awgrymu y dylent fynd am sbec i weld y tŷ tri llawr gyda'r pwll nofio siâp calon, yr ochr bellaf i'r clos wnaeth Lisa, a hithau wedi digwydd sylwi ei fod ar y farchnad. Mae Lisa'n dal i gofio'r holl enwau cas y galwodd ei gŵr hi'r pnawn hwnnw, a'r ffordd yr edrychodd o arni fel petai hi'n fenyw wedi hurtio. Wnâi hi fyth anghofio, fwy na thebyg... Gan eu bod wedi buddsoddi cymaint yn eu tŷ eu hun yn barod, doedd e'n gwrando dim ar ei rhesymu. On'd oedd y tŷ arall yn dipyn mwy o faint na'u tŷ nhw, yn llawn cymeriad a photensial? Mynd i'w weld ar ei phen ei hun wnaeth hi yn y diwedd i ddiwallu ei chwilfrydedd. Wrth gerdded yn ôl gatre ar hyd yr heol gefn, gallai weld ei gŵr wedi ei fframio yn ffenestr lydan yr estyniad. Cofiai'r olwg bell ar ei wyneb wrth iddo edrych ar dywyllwch y patio, y bowlen o *Cheerios* wedi ei chwpanu yn ei law. Roedd e'n edrych fel bachgen bach ar goll.

Wrth ei hymyl, mae Deio'n parablu fel pwll y môr. Ac yntau'n cael eistedd yn y tu blaen, mae'n teimlo fel person mawr, fel rhywun o bwys, yn edrych i lawr ar y byd. Dyma un o nodweddion apelgar ei char i

Lisa hefyd – hynny, ynghyd â chlydwch sedd ledr sy'n cynhesu drwy gyffwrdd â botwm. Swatia'n saff, ymhell o'r tarmac a'r strydoedd islaw.

"Beth yw hoff rif Mami?"

"Ym, sai'n gwbo... Tri falle?"

"Beth yw ail hoff rif Mami?"

Maen nhw'n mynd trwy amrywiol rifau gyda'i gilydd.

"Mami, pa mor bell mae'r rhife'n mynd?"

Does gan Lisa fawr o awydd sgwrsio'n athronyddol y bore 'ma â'i phen yn troi gyda'r holl waith adeiladu. Mae'r *en suite* yn ei phoeni. Tapiau du neu rai copr fyddai'n gweddu tybed?

"Ti'n meddwl bo ti'n hen, Mami?"

"Beth, pwt?"

"Pryd mae Mami'n mynd i farw?"

Gwna Lisa ymdrech wrth aros mewn set o oleuadau i wynebu ei mab i'w gysuro.

"O cariad, 's'dim angen i ti fecso am 'ny..."

"Fi dim mynd i farw."

Wrth geisio ffurfio ymateb addas, mae Lisa'n neidio yn ei sedd wrth i Deio droi lefel sain y radio yn annioddefol o uchel gan lenwi'r car â chrochlefain Adele yn torri ei chalon.

"Gofalus Deio! Faint o withe sy'n rhaid i Mami weud?!

Mami sy'n cael defnyddio radio'r car – nid Deio!"

Sudda Deio'n ddi-ddweud yn ei sedd a gosoda Lisa ei *iPhone* yn ei gôl i'w gadw'n hapus. Petai ei mab hi ddim ond ychydig yn llai prysur, mi fyddai'n bosib cael sgwrs gall gyda fe yn awr ac yn y man.

Mae gan Lisa gyfrinach. Cyfrinach mae'n ei chario i bob man o gylch ei gwddw fel cnul. Bod yn fam i ferch oedd hi wedi ei ddeisyfu erioed, nid mab. Dyw hyn ddim yn rhywbeth i'w rannu wrth gwrs – ddim gyda Steve hyd yn oed – felly, mae'n cadw'r gyfrinach yn dynn dan glo. Bob tro y bydd yn mynd i siop John Lewis er mwyn nôl y dillad glas a gwyrdd unffurf ar gyfer ei mab, bydd yn bodio'r deunyddiau cywrain, tlws, yn adran y merched. Fe fyddai hi a'i merch wedi bod yn ffrindiau gorau, yn sgwrsio am gariadon pan ddôi'r awr, gan rannu dillad a cholur. Mae'n derbyn bellach nad yw planta yn rhywbeth y gellir ei reoli na'i brynu dros gownter, ac mae'n ymwybodol bod ail blentyn yn annhebygol erbyn hyn, a hithau dros ei deugain. Dyw Steve a hithau prin yn siarad â'i gilydd beth bynnag, heb sôn am wneud unrhyw beth arall.

Wedi llwyddo i barcio wrth fynedfa'r parc, mae perygl yn curo ar ddrws eu dydd. Wrth gerdded o gwmpas blaen y car i agor y drws i Deio, sylwa Lisa ei fod eisoes ar agor. Wrth gwrs, does dim cloeon diogelwch plant yn y seddi tu blaen. Dyry sgrech uchel wrth i'w mab neidio'n eofn i'r ffordd brysur. Mewn curiad calon, daw popeth yn glir iddi. Llama yn ei blaen gan dynnu Deio yn ôl tuag ati gerfydd ei gwfl. Bron nad yw hi'n gallu blasu'r metel wrth i'r car wibio heibio. Mazda gwyn. Dalia yn ysgwyddau bach ei mab, ei dwylo'n gryndod i gyd. Am unwaith, mae'n gwrando arni. Am unwaith, mae'n aros.

Mae'r foment yn mynd â'i gwynt. Parha i gydio'n dynn, dynn yn ei hunig blentyn wrth i'r ceir ruthro heibio i'r ddau. Ond mae Deio'n llwyddo i ddianc o'i gafael wrth y parc chwarae. Mae'n rhydd unwaith eto, a llithra trwy geg y parc cyn i'w fam gael cyfle i'w geryddu hyd yn oed.

A'r lle mor brysur ag erioed, gyda sgwtwyr, rhedwyr, babis a phlant yn cydsgrechian am y gore, llwydda i ddal ei gafael yng nghot ei mab, cyn sylwi ar wyneb lled gyfarwydd. Ai un o famau dierth yr ysgol yw hi, neu cyn-gleient o bosib? Wrth gwrs – un o aelodau hŷn y grŵp NCT yw hi – yr un roddodd enedigaeth ddidrafferth yr un wythnos â hi. O gofio, roedd hi'n dipyn o hipi. Oni lyncodd hi dabledi oedd wedi eu creu o'i phlasenta ei hun er mwyn 'cryfhau' ar ôl y geni? Mae hi wedi newid lliw ei gwallt i ryw liw gwin anghynnil, ac mae hi o leiaf ddau faint dillad yn fwy erbyn hyn. Yn swatio mewn sling cynfas o'i blaen, mae babi gwallt coch, sy'n bwydo yn llygad y byd. Dyw Lisa ddim wedi gweld hon, na'r un fam arall o'r grŵp, petai'n dod i hynny, ers eu cyfarfodydd nerfol dros goffi yng ngheginau ei gilydd.

"Pen-blwydd hapus, Lisa! Un mawr tro 'ma!"

Dalia ati i siarad bymtheg y dwsin wrth i Lisa drio cofio ei henw. Rhaid mai wedi gweld ei lluniau pen-blwydd oedd hi... "A phen-blwydd Deio fydd nesa, yndê? O, ma'r hydref yn adeg mor lyfli o'r flwyddyn i ddathlu, ti'm yn meddwl?"

Nodia Lisa ei phen yn ddof gan synnu'n dawel bach fod hon yn cofio enw ei mab. Y mab sydd wrthi'n glynu'n benderfynol wrth ei throwsus ar hyn o bryd gan fygwth ei dynnu i lawr...

"Fi dim moyn i Mami siarad 'da neb! Deio moyn sleid! Moyn sleid mawr naaaaaaawr!"

Teimla Lisa ei hun yn cochi yng nghwmni'r fenyw ffeind yma sy'n cofio enwau a phen-blwyddi plant pobl eraill. Amneidia ei ffarwél yn gyflym cyn gadael iddi ei hun gael ei llusgo'n hurt i gyfeiriad y llithren.

Mi fydd Lisa'n aml yn meddwl a yw ymddygiad ei phlentyn yn gyfan gwbl arferol. Faint o lyfrau am y maes mae hi wedi eu llyncu'n awchus dros y blynyddoedd diwethaf a phob un yn sibrwd cynghorion gwrthgyferbyniol? Cyfrol *The Highly Sensitive Child* a'r cyfrif *Instagram, Nordic Parenting Now*, oedd wedi apelio yn y dyddiau cynnar, tra mai *Parenting*

Your Out-of-control Child oedd wrth ei gwely ar hyn o bryd.

Eistedda Lisa ar fainc gan wylio Deio'n llithro i lawr y llithren dro ar ôl tro. Pleserau bach syml bywyd, meddylia, gan gau ei llygaid am foment yn llygad yr haul. Braf oedd hyn, a hithau fel rheol yn gorfod treulio ei dyddiau yn ymlafnio i daclo achosion yn y swyddfa. Daw atgofion iddi am y llyn sy'n estyn o'i blaen. Gwena wrth feddwl am yr holl ddêts amrywiol gafodd hi yma yn ei hugeiniau – o'r *Goths* i'r darpar gyfreithwyr, gan gynnwys Steve wrth gwrs, cyn iddo fynd ar ei liniau o'r diwedd a gofyn Y Cwestiwn... Ar y pryd, roedd hi wedi gwarafun na wnaeth e ofyn iddi ei briodi ar dop y Tŵr Eiffel neu rywle mwy rhamantus na llyn lleol, ond rywsut, roedd y lle yma'n arwyddocaol i'r ddau.

Ar brynhawn tesog eu dêt cyntaf, rhwyfodd y ddau at ddrws y goleudy bach ynghanol y llyn, a oedd, yn groes i'r arfer, yn gilagored. Aeth y ddau i mewn trwy'r fynedfa gul law yn llaw, yn chwerthin fel plant drwg. On'd oedd pob dim yn bosib bryd hynny a'r byd yn agor o'u blaenau? Ar y pryd, roedd hi'n fwy na pharod i osod ei gobeithion a'i chyfrinachau yng nghledr ei law, ac yntau iddi hithau. Symud i dŷ bach teras rownd y gornel wnaethon nhw wedyn, gan lwyddo i fyw ar gyflogau digon cynnil. Ar y pryd, doedd Lisa'n poeni dim am y craciau oedd yn nadreddu ar hyd eu waliau.

Teimla ei ffôn yn dirgrynu, ond mae'n dewis ei anwybyddu gan ganolbwyntio ar symudiadau ei mab, sydd erbyn hyn ar frig y ffrâm ddringo uchel. Wrth hongian ben i waered, mae'n llwyddo rywsut i gynnal sgwrs gyda bachgen bach bochgoch. Edmyga Lisa hyder ei mab. Fel hyn yr arferai hithau fod mae'n siŵr, ond erbyn hyn, mae cynnal sgwrs gyda hen gydnabod mewn parc yn her.

Mae'n dal i deimlo braidd yn grynedig ers y bennod flaenorol. Beth petai hi wedi ymateb eiliad yn hwyrach...? Mor werthfawr yw bywyd, meddylia. Mor ddiawledig o werthfawr a bregus a'r cyfan yn gallu newid mewn amrantiad. Yn reddfol, estynna am ei ffôn gan agor ei chyfrif *Instagram*. Dewisia ddelwedd syml, ond effeithiol, o galon borffor fel canolbwynt i'w stori gan osod mewn ysgrifen italig yn ei chanol 'Carwch eich gilydd. Bywyd mor werthfawr'.

"Mami, Mami, Deio moyn hufen iâ! Hufen iâ, Mami! Nawr!"

Yn ôl yr arfer, mae'r fan fach liwgar yng nghornel y parc wedi dala sylw ei mab, ac mae Lisa'n rhy flinedig i wrthod. Beth bynnag, mae rhywbeth bach melys yn ei themtio hithau. Penderfyna ei bod hi, fel Deio, am gael yr hufen iâ 99 ymfflamychol, gyda'r saws sy'n diferu'n llachar a'i *Flake* siocled ar ei ben. Dyw hi ddim yn ganol haf ond mae hi'n ei haeddu.

Teimla'r côn fel rhywbeth chwerthinllyd o ddiangen i fenyw yn ei hoedran hi, ond does dim ots! Tynna'r hunlun, ei braich o gwmpas ysgwyddau bach ei mab, y ddau gôn lliwgar yn eu huno am ennyd a'r hufen yn ludiog ar eu bysedd. Bydd e'n llun hyfryd ar yr *Insta*, meddylia Lisa, gan ddechrau newid y manylion ar y ffôn a'r *filters* cyn ei bostio.

"Mami… ? Mami!"

"Hmm? Be pwt?"

"Pam mae Mami'n tynnu llunie o hyd?"

Ar wyneb Deio, mae'r saws gludiog yn stremp fel gwaed.

"Jesd nodi'r foment y'f fi Deio."

Dyw e ddim mor bwdlyd ag oedd e yn y car, ystyria Lisa wrth awchu'n benderfynol am y *Flake.* Siwgr. Dyna oedd yr ateb bob tro, ta beth oedd cynghorion diweddaraf yr arbenigwyr. Dim ond i riant gadw lefelau siwgr eu plant yn gyson, fe fyddai pob dim yn iawn.

Edrycha'n fanylach ar y llun ohoni hi a'i mab yn mwynhau eu hufen iâ gyda'i gilydd. Pa eiriau fyddai'n gweddu? Beth am 'Dathlu bywyd gyda pwt. Bore lysh i'w drysori'? Ychydig yn ormodol o bosib… Yn ei le, aiff am 'Bore hydrefol gyda'r bychan – amser yn hedfan', cyn hashnodi 'caru'r hydref' a 'caru rhianta' wrth ei ymyl. Ers iddi ychwanegu'r *filters*, mae lliwiau cynhesach i'r llun nag oedd i'r gwreiddiol, a sylwa fod crychau ei thalcen wedi meddalu bron â bod yn llwyr. Mae ei dannedd yn ddel o wyn hefyd.

"Mami! Edrych ar hwn Mami… ! Mami, Mami!"

Y tu ôl i'r bachgen, disgleiria dŵr y llyn yn arian wrth i ddau alarch gosgeiddig gyfarch ei gilydd trwy ddail helygen. Prysura wiwer i fyny boncyff coeden ac mae'r haul yn aur rhyfeddol yng ngwallt y bachgen, gan wneud iddo edrych fel angel yn un o luniau'r meistri. Fydd e byth mor ifanc â hyn eto. Rhwng ei fysedd, mae deilen fechan, gymesur, fel llaw plentyn. Mae'n cymell ei fam i edrych arni – ei ddeilen berffaith â'i llond o liw.

"O, ma' hwnna'n hyfryd, calon," ateba hithau, heb godi ei llygaid o'r drws gwyrddlas, llachar, sydd wedi ymddangos ar ffrwd ei ffôn.

"Hyfryd."

DILYN

Estynnodd Menna am law ei gŵr. Newydd fod yn mwynhau trip i'r dre oedd y ddau – un o'r tripiau canol wythnos hynny pan fyddai digon o le i barcio a dim angen sefyllian i gael tamaid i ginio. Roedden nhw wedi bod yn dewis dillad ar gyfer eu gwyliau oedd ar y gorwel, ac wedi cael y ffasiwn hwyl wrth i Robin gytuno i drio ambell grys dros-ben-llestri o liwgar yn yr ystafell newid.

Gadawodd Menna i'w llaw orffwys ar y fatres oer. Nid dyma oedd y tro cyntaf iddi ddeffro i'w realiti newydd. Roedd hi'n agosáu at flwyddyn erbyn hyn. Blwyddyn gron gyfa' ers iddi ymuno â chlwb y gweddwon.

Drws nesaf, gallai glywed Shaimah fach yn chwarae'r piano. Roedd hi'n dda wrthi, o ystyried ei hoed. O wrando, câi Menna ei hatgoffa o gân yr arferai ei chanu i Carys pan oedd hi'n fychan.

Eisteddodd i fyny a diffodd undonedd yr *app white noise* ar ei ffôn. Fyth ers iddi orfod dysgu cysgu ar ei phen ei hun, roedd hi wedi dod yn ofnadwy o ddibynnol ar y cyfarpar yma i'w suo i ryw fath o gwsg, yn ogystal â llyncu'r bilsen fach a gâi ar bresgripsiwn i drymhau ei choesau. Pan oedd Robin yma, yn fyw ac yn gynnes ac yn anadlu wrth ei hymyl, doedd dim angen y ffasiwn help arni. Câi Menna ei llorio ar adegau fel hyn wrth iddi gael ei hatgoffa na châi eto glywed ei gŵr yn darllen cerddi o'i gyfrolau natur iddi cyn cysgu'r nos. Rhywbeth a gymerai'n ganiataol oedd yr arferiad annwyl hwnnw, mae'n siŵr, fel cymaint o'r pethau bychan eraill a wnâi o yr hyn ydoedd.

Mwythodd y fodrwy ar ei bys priodasol cyn troi at ei thudalen *Facebook*, gan straffaglio am funud wrth geisio cofio'r cyfrinair. Ar ffrwd grŵp y Chwiorydd, sylwodd fod neges newydd ers ddoe. Roedd angen i fwy ohonyn nhw gynnig eu henwau i ddarparu'r pice bach ar gyfer Gŵyl Aeaf yr eglwys mae'n debyg, gan fod mwy na'r arfer wedi dangos diddordeb mewn dringo'r tŵr. Teipiodd ei henw ar y ffrwd cyn gwneud nodyn i atgoffa ei hun ar *app* nodiadau ei ffôn.

Dyfais wych oedd y *Facebook*. Ers i Menna ddarganfod ei fodolaeth, roedd hi wedi mopio gyda'i bellter o bosibiliadau. Onid oedd wedi agor drysau iddi allu cysylltu â phob math o bobl o'i gorffennol? Gallai gael cip go lew ar fywydau eu teuluoedd hefyd gan weld pwy oedd wedi priodi, planta neu golli anwylyn, a hynny heb y rigmarôl o orfod cynnal perthynas go iawn a chadw wyneb fod popeth fel y dylai fod. Dim ond nodi ambell fawd i fyny neu galon hwnt ac yma oedd yn ofynnol – roedd yn ei siwtio hi'n iawn.

Ei brif fantais, wrth gwrs, oedd y modd y cynigiai gipolwg ar fywyd Carys, oedd wedi bwrw ei gwreiddiau yn Oslo, ers bron i bum mlynedd erbyn hyn. Byddai stumog Menna'n glymau i gyd bob tro y cofiai am y bore llwyd hwnnw ym maes awyrennau Heathrow, a'r holl bobl ddiarth yna'n rhuthro'n brysur heibio iddi, heb unrhyw syniad bod ei bywyd hi ar fin chwalu'n ddarnau mân. Carys wedyn yn camu'n sicr ar risiau'r awyren, a Harmony Rose yn fwndel cynnes yn ei chôl.

Beth oedd yr enw ar y cwdyn yna y byddai Carys yn mynnu ei ddefnyddio i gario Harmony fach i bob man eto? pendronodd Menna… Sling! Ia, dyna fo. Yn nhyb ei hunig ferch, roedd defnyddio bygi traddodiadol, saff, yn gyfystyr â gwthio ei phlentyn oddi wrthi. Hen lol wirion. Cofiai'r rhwystredigaeth a deimlai o fethu â chael dal ei hwyres ei hun. Yn toedd hi ynghlwm wrth fron ei mam rownd y rîl? Pan gaeodd drysau'r awyren, teimlodd ysfa ddofn i gipio'r fechan o afael ei mam. Cafodd ei dychryn gan ergyd gyntefig y teimlad a'i meddiannodd, ond am ennyd, ysai am gael magu un fach yn ei chôl unwaith eto. Byddai'n ei mwytho a'i maldodi tan ddiwedd amser; mopio'n lân ar ei gwallt bach meddal sinsir a'r llyfiad llo llipa yna oedd ar ei thalcen, fel un ei thaid – ei chadw hi am byth. Fuo hi erioed mor falch o fraich ei gŵr wrth iddi weld yr awyren yn codi i'r cymylau.

Mynnu mynd i wlad ddiarth yn fam sengl benstiff wnaeth Carys, ond erbyn hyn roedd hi wedi setlo gyda rhyw gynhyrchydd teledu y cyfarfu ag o trwy *app*. Fedrai Menna ddim dychmygu dull rhyfeddach o ddewis partner bywyd, er i'w merch honni fod dros ddeugain y cant o bobl yn dod o hyd i'r 'Un' trwy ddirgel byrth y we erbyn hyn.

Doedd Menna ddim yn siŵr o union oedran Oskar Elden, ond dyfalai ei fod wedi llwyddo i dwyllo ei merch gyda'i hunluniau celwyddog. Pan astudiai Menna'r lluniau rhithiol yn fanylach, byddai'n gresynu at y blewiach draenogaidd ar ei ben, fyddai fel arfer wedi eu sbeicio fel gwallt hogyn ysgol. Yn dawel bach, roedd hi'n amau ei fod o'n cael triniaethau trawsblaniad gwallt. On'd oedd o'n agosach at ei hoedran hi nag oed ei merch? Ochneidiodd Menna.

Roedd Shaimah fach yn dal i chwarae'r piano. Roedd y teulu bach oedd wedi setlo'r drws nesaf yn rhif cant a saith i'w gweld yn bobl gyfeillgar. Weithiau, câi Menna gip o'i gorffennol ei hun pan welai'r tri trwy ffenest ei hystafell yn chwarae'n ddiofid ar y lawnt. Doedd neb wedi ei rhybuddio hi mor gyflym fyddai amser yn gwibio.

Yr holl ffordd o Irac yr oedden nhw wedi dod – Shaimah

a'i rhieni. Ar brydiau, byddai Menna'n cael sbec trwy'r ffenest ar y tad, Akar, yn camu'n bwrpasol i'w gar smart yn ei lifrau gwaith. Prif gogydd un o'r bwytai crand ynghanol y ddinas oedd o, ac roedd ei wraig, Ruim, yn athrawes yn yr ysgol gynradd leol. Teimlai Menna euogrwydd mai nhw, ac nid hi, oedd wedi cyflwyno eu hunain gyntaf, ond roedd Robin ar ei wannaf pan gyrhaeddon nhw, yn toedd? Cofia gynnig annisgwyl Akar dros ffens yr ardd un prynhawn pan ofynnodd a fyddai Robin, tybed, awydd creu diod melys o afalau eu gerddi gydag o. Bu'n rhaid i Menna egluro bryd hynny nad oedd Robin yn dda, na fedrai o ddringo coed erbyn hyn nac ymroi mewn tasg mor uchelgeisiol. Roedd Robin yn marw.

Wnaethon nhw ddim digio ychwaith pan gafon nhw ei hateb ffwr-bwt. Os rhywbeth, mi estynnon nhw fwy o groeso iddi. Byddai danteithion melys o'r bwyty'n aml yn cael eu gadael ar stepen y drws, gan agor gorwelion Menna i flasau cyfan gwbl newydd. Fedrai Robin ddim bwyta fawr ddim erbyn hynny, wrth gwrs, ond byddai'r melysion yn gysur annisgwyl i Menna. Dotiai wrth feddwl bod y bobl ddiarth hyn yn meddwl amdani hi…

Fyth ers i Robin farw, roedden nhw wedi dal ati i fod yn feddylgar. Yn aml, mi fydden nhw'n cynnig mynd i nôl torth o fara neu lefrith iddi o'r siop. Ar adegau eraill, byddent yn ei gwadd i ymuno â nhw i fynd am dro yn lleol. Gwrthod hynny wnâi Menna'n ddi-ffael, ond byddai'n ddiolchgar pan ddeuai'r negesau o'r siop gan na fyddai'n gadael y tŷ yn aml. Weithiau, byddai'r ferch fach yn postio darnau o bapur trwy ei blwch llythyron â lluniau lliwgar ohoni'n dal llaw Menna o dan fwa enfys. Droeon eraill, byddai'n postio petalau blodyn.

Symudodd Menna yn ei blaen i agor blwch ei chyfrif *Instagram*. Doedd hi ddim wedi clywed am fodolaeth yr *Instagram* tan i Carys ddechrau ei chyfrif poblogaidd, *Nordic Parenting Now*. Sgroliodd yn reddfol trwy'r lluniau diweddaraf gan arbed un hyfryd o Harmony Rose annwyl ar ei diwrnod cyntaf yn yr ysgol, yn eistedd yn dalsyth ar ei beic newydd. Roedd o'n andros o lun da a gwên lydan y ferch fach yn ei chynhesu. Pryd y gwelodd hi yn y cnawd ddiwethaf? Aeth bron i flwyddyn heibio ers i'r tri ddod draw i'r angladd, ond doedd Menna ddim wedi gallu rhoi'r sylw digonol i'w hwyres bryd hynny wrth reswm, a hithau ynghlwm wrth yr holl drefniadau diddiwedd. Mi fu'n sbel dda cyn hynny pan aeth hi a Robin draw i'w gweld un penwythnos hir o haf. Peth fach oedd Harmony bryd hynny, yn rhedeg yn wyllt yn y fforest. Byddai Menna'n aml yn hel atgofion am yr haf arbennig hwnnw – Robin a hithau fraich ym mraich yn edrych ar eu hwyres yn parablu'n hapus wrth ddail y coed – ei gwallt coch, fel ei gwallt hithau'n disgleirio'n llachar, a'r iaith ryfedd yna oedd ganddi, yn codi i fyny ac i lawr fel tonnau'r môr.

DILYN

Aeth 'nôl i sgrolio trwy luniau ei merch gan sylwi fod sawl un wedi eu hychwanegu ers y *baby shower* neithiwr. Doedd Menna erioed wedi clywed am yr arferiad Americanaidd tan i Carys ei grybwyll yn eu sesiwn *Zoom* misol. Yn ôl y balŵns euraidd a'r teganau pren, ymddangosai fel digwyddiad chwaethus, gyda ffrindiau soffistigedig ei merch yn gylch cefnogol o'i hamgylch. Fel unig nain y babi, byddai wedi bod yn braf cael gwahoddiad, ond wnaeth Menna ddim gwthio'i hun, gan barchu'r ffaith nad oedd Carys wedi ei hannog i fod yn rhan o'r dathliadau. Buan y dôi'r babi i'r byd, beth bynnag, a byddai'r daith draw a'r arhosiad *Airbnb* ynghanol Oslo'n costio *kroner* neu ddwy iddi'n sicr.

Erbyn meddwl, roedd toreth o'i chydnabod wedi gorfod ffarwelio â'u cywion hwythau hefyd, wedi iddyn nhw dyfu'n ddigon hen i fagu adenydd. Beth am ei chwaer-yng-nghyfraith, Carol, fyddai'n ei ffonio bob nos Sul i holi sut oedd hi? Doedd hithau prin byth yn cael cwmni ei merch o gyflwynydd teledu dyddiol yn Llundain, yn nag oedd? Ychydig wythnosau'n ôl, roedd hi wedi gwneud ei phresenoldeb yn hysbys, gan iddi gael gwaith ym Mryste. Ond dim ond awr fach o'i chwmni dros goffi gafodd Carol, ar blatfform rhynllyd gorsaf drenau. Carol druan.

Sylwodd Menna fod ambell e-bost yng nghornel ei sgrin yn aros am ei hymateb. Roedd y sêls ar ddechrau, a gostyngiadau gwych yn *The White Company*. Gwnaeth Menna nodyn i archebu digon o festiau a gwisgoedd bach meddal i'r babi, er mwyn elwa ar y cynigion.

Aeth ei meddwl ar grwydr at y babi bach oedd ar fin cyrraedd oerni Oslo. Pam setlo mewn gwlad mor drybeilig o rewllyd? Cofiodd sut aeth Robin a hithau'n sownd yn yr eira am oriau ar ymyl y ffordd anial, dywyll yna ar eu taith hir o'r maes awyrennau mewn car wedi ei logi. Dyna oedd eu taith gyntaf draw yno, ond erbyn iddyn nhw gyrraedd dathliad pen-blwydd eu hwyres yn flwydd oed, roedd y gacen wedi ei thorri.

Edrychodd Menna ar y prif lun o'i merch ar frig ei thudalen gan agosáu at ei hwyneb trwy bwyso ei bysedd yn bendant yn erbyn y sgrin. Roedd hi mor dlws ag erioed, er bod olion blinder cynnil o dan ei llygaid. Pwysai fel model catalog yn ddi-hid yn erbyn bwa caregog, ei chantel wellt llydan yn gwneud iddi edrych fel ryw seren Hollywoodaidd. O weld y dŵr sgleiniog y tu ôl iddi, dyfalai Menna mai llun a dynnwyd yn eu tŷ haf yn Ryfylke oedd hwn. Doedd hi ddim wedi bod yno hyd yn hyn, er iddi deimlo ei bod wedi croesi'r Lysefjord a dal sawl brithyll o gwch hwylio Oskar filgwaith yn rhithiol. Efallai y câi gip bach y tro nesaf y byddai'n ymweld.

Astudiodd hunlun ei merch yn fanylach. Pwy fyddai'n dychmygu ei bod hi ar drothwy'r deugain a phump? Dyma ffaith fyddai'n mynd â gwynt Menna a hithau'n dal i gofio ei llaw fach gynnes yn ei llaw hi, y swsys bach annwyl fyddai'n arfer eu chwythu i'w chyfeiriad wrth iddi fynd trwy glwydi'r ysgol, y plethi twt, cymesur yna'n dawnsio... Na, fedrai neb ddyfalu. Ond fedrai Menna ddim dirnad chwaith pam y gwnaeth Carys ddewis magu plant yn ei hoed a'i hamser. Buan y byddai ei hormonau'n mynd ar chwâl, gyda chyfnod tymhestlog y canol oed ar fin neidio arni. Pam nad oedd hi wedi ystyried mor hen fyddai hi unwaith y byddai ei phlant yn dewis magu eu teuluoedd eu hunain? Cenhedlaeth y funud oedd cenhedlaeth ei merch hi, debyg iawn – gweithredu gyntaf, meddwl wedyn.

Ew, roedd y ffrog wen yna'n ei siwtio hefyd, gyda'i defnydd cywrain tryloyw yn anwesu ei chanol chwyddedig. Byddai Carys wedi edrych mor dlws mewn ffrog briodas, ond rhyw oes ddigon rhyfedd oedd hon, gyda phobl yn planta gynta a phriodi wedyn rownd y rîl (os priodi o gwbl). O leiaf roedd gan y babi yma dad – roedd hynny'n ryw fath o gysur. Y tu ôl i'r llun o Carys, roedd delwedd fregus ddu a gwyn o'r sgan. Yn y llun, roedd yr un bach yn codi ei law fel petai'n cyfarch ei nain dros fôr y gogledd.

Braf fyddai eu gweld nhw yn y cnawd hefyd... Cofiai nad oedd gan Robin fawr i'w ddweud am yr holl gyfathrebu rhithiol chwaith, ac yntau, fel hi, wedi gorfod dysgu'r holl dechnoleg newydd er mwyn trio magu perthynas â'i deulu o bell. Roedd y galwadau achlysurol yn rhyw fath o help ac yn cynnig cipolwg ar fywyd llawn eu merch a'i theulu, ond doedd sgyrsiau rhithiol ddim yn cyfateb â chyfarfod yn y cnawd. Doedd dim modd dal llaw fach feddal Harmony Rose ar y *Zoom*, a hyd yn oed pan bwysai ei thrwyn bach smwt yn erbyn y sgrin, roedd hi fydoedd i ffwrdd. Harmony Rose oedd yr un ffunud â'u Carys fach nhw.

Cilio trwy'r drws cefn fyddai Robin pan fyddai'r sgyrsiau yn dirwyn i ben. Cael trefn ar ei feddyliau wrth gael trefn ar ei ardd. Ac eto, doedd Menna ddim wedi dirnad yn llawn ddyfnder ei dristwch tan y prynhawn glawog hwnnw ac yntau'n palu â rhyw derfysg dieithr yn perthyn i'w symudiadau. "Ddaru hi addo na fysa dim byd yn newid wrth symud i ffwr' Menna!" meddai'n daer, â'i lais ar dorri.

Yn yr ysbyty, wedyn, gyda chymorth Menna, ceisiai Robin gyfathrebu â'i ferch mewn negeseuon ar y *WhatsApp*. Doedd Carys ddim wedi llwyddo i hedfan draw mewn pryd i ffarwelio â'i thad yn y cnawd oherwydd eira a niwl annisgwyl ar redfa'r maes awyrenau, felly galwad fideo byr rybudd y bu'n rhaid ei threfnu tua'r terfyn, a Robin yn ymladd am ei einioes yn ei wely dros dro. Ar y sgrin, edrychai ei groen yn llwytach byth. Dim ond ychydig wythnosau yn gynt, roedd o wedi mynnu mai pwl bach o froncitis fyddai canlyniad y profion.

Gwrandawodd Menna ar y sgwrs herciog olaf honno gan ymladd y dagrau. Teimlai fel ddoe ddiwethaf pan oedd eu Carys fach ifanc yn eistedd ar ysgwyddau cydnerth ei thad, yn estyn am afalau coginio aeddfed trwy frigau'r coed. Y tad a'r ferch oedd wedi bod agosa erioed ac eto, hi, y fam, oedd wedi bod yn ymlafnio i gadw'r tŷ yn daclus gyda'r holl olchi a choginio a chymoni parhaus, yndê? Yr holl waith diddiwedd, diddiolch yna, oedd yn ddigon i wneud i'w phen hi droi ar brydiau. Perthyn i gyfnod oedden nhw mae'n siŵr, a'r ddau'n glynu'n driw i'w rôl. Newidiodd ei gŵr erioed yr un clwt, ond mi roddodd dalp go dda o'i amser i Carys ar hyd y blynyddoedd cynnar allweddol hynny. Nhw gafodd yr hwyl…

Rhyw fesur o ryddhad a deimlodd Menna'r noson olaf honno ar y ward. Rhyddhad fod y ddau wedi gallu cysylltu wyneb yn wyneb yn rhithiol, cyn iddi fynd yn rhy hwyr. Ac eto, onid oedd yna ryw letchwithdod rhyfedda yn perthyn i'r sefyllfa, gyda Carys yn methu cydio yn llaw ei thad yn ystod ei eiliadau olaf? Am fisoedd wedi'r angladd, roedd yr atgof yna o'i gŵr yn ffarwelio â'i unig ferch dros sgrin ei ffôn wedi bod yn gysgod dros y cyfan.

Mae'n bosib nad oedd y profiad wedi effeithio ar ei merch yn yr un modd. Dyma oedd realiti ei bywyd hi, wedi'r cyfan, gyda chyfarfodydd rhithiol a chyfathrebu ar y we yn rhan naturiol o gwrs ei dydd. Bron nad oedd ei holl brofiadau wedi eu croniclo mewn rhyw fodd ar y cyfryngau cymdeithasol, neu ryw fersiwn o'i phrofiadau o leiaf. Bob awr o'r dydd, mi fyddai'n dogfennu a nodi ei symudiadau – arferiad, yn nhyb Menna, oedd yn ymdebygu i ddangos blwmars budr yn llygad y byd. Fel ei mam, gwnâi ei gorau glas i edrych yn blygeiniol ar lif ei chyfrif, gan obeithio mai hi fyddai un o'r rhai cyntaf a glywai newyddion diweddaraf ei merch, cyn yr holl bobl eraill, dieithr, yna. Oherwydd mae'n debyg mai 'dylanwadwr' ym maes rhianta oedd ei merch. Term rhyfedd yn nhyb Menna. I feddwl fod ei merch yn dylanwadu ar yr holl bobl niferus hynny oedd yn ei dilyn. Yr holl bobl yna na fyddai hi byth yn eu cyfarfod yn y cnawd.

Tybed sut brofiad fyddai'r geni i Carys y tro hwn, o ystyried ei hoed, ac oedd hi am fynnu dulliau hipïaidd unwaith eto? Dyna'r argraff a gâi o'i *Nordic Parenting Now*, ond waeth iddi hi heb â holi mae'n siŵr. Pan ddarllenodd ei ffrwd fyrlymus (a manwl) am enedigaeth Harmony, a hynny yn y pwll rwber ceiniog a dima yna yng ngolau cannwyll, roedd wedi teimlo ryw drymder y tu mewn iddi. Sut oedd yn bosib cario un bach i'w thymor ac yna bod mor anghyfrifol? A pham codi bys ar arbenigedd clodwiw'r Gwasanaeth Iechyd? Aros yn dawel a chau ceg wnâi hi'r tro yma, er bod ofnau'n ei chadw'n effro'r nos yn gyson am ddiogelwch ei merch a'r bychan. Doedd Carys ddim am glywed ei daliadau hen ffasiwn hi, debyg iawn.

Dim ond Carys, Harmony a'i *doula* oedd yno i gadw cwmni i'w gilydd y noson gyntaf honno ar ôl y geni. Roedd y cyfan mor arallfydol, mae'n debyg – mor bersonol ac agos atoch, roedd fel petai pob un dim wedi disgyn i'w le. Llwyddiant digamsyniol oedd y geni adre, gyda synau rhythmig tonnau'r môr a'r *hypnobirthing* (beth bynnag oedd peth felly) wedi profi i fod yn dechnegau cyfan gwbl anhygoel. Roedd yr holl brofiad fel disgyn dros ei phen a'i chlustiau mewn cariad. Ochr yn ochr â'r disgrifiad, roedd hunluniau o Carys gyda Harmony fach yn boddi yn ei bronnau – y llinyn bogail gwaedlyd, erchyll yna'n dal yn gyfan rhwng y ddwy er mwyn i'r byd a'i frawd gael gweld – miloedd ar filoedd i fod yn fanwl gywir gan fod dros 157,000 o ddilynwyr ganddi.

O feddwl am ei merch ar fin geni ei hail blentyn, daeth atgof i Menna o'r ward arall honno ddegawdau yn ôl; Robin yn y coridor y tu allan i'w hystafell yn fflapian ei freichiau yn wyllt wrth orfod ymddiried mewn rhoi bywydau ei gymar a'i ddarpar blentyn yn nwylo dieithriaid. Y distawrwydd wedyn pan gyrhaeddodd Carys fach i'r byd o'r diwedd, a'r ofn yna'n gysgod ar wyneb y fydwraig ifanc. Ei rhuthro hi'n sypyn diymadferth i'w hambygio, i'w dadebru... Pan ddaeth y dagrau, ar ôl bydoedd o aros, credai Menna yn siŵr mai dyna'r sŵn hapusaf iddi ei glywed yn ei byw.

Dewis rhianta'n sengl wnaeth Carys ar drothwy ei deugain. A hithau heb fodloni ar unrhyw berthynas oedd wedi dod i'w rhan dros y blynyddoedd, mi dalodd gelc ei harbedion i ryw fanc sberm yn Llundain – cysyniad diarth a chyfan gwbl wallgo' i'w mam. Pam ar wyneb y ddaear y dewisiodd hi fagu plentyn ar ei phen ei hun? Cofiai'r 'sgwrs' gawson nhw ar y traeth y prynhawn gwyntog hwnnw, a hithau'n barod wedi cymryd y cam heb ofyn barn ei rhieni ceidwadol. Ysai Menna i'w hysgwyd hi pan glywodd y newyddion – ysgwyd rhyw fath o synnwyr i'w meddwl gwyrdroëdig. Gadawodd i awel fain yr heli ei chwipio bob sut wrth weiddi ei rhwystredigaeth arni o flaen ambell dwrist syn a rhyferthwy'r tonnau, heb ddal dim yn ôl. Troi ei chefn arni wnaeth Carys – brasgamu'n ei blaen, y gwynt yn ei gwallt, gan adael ei mam i syllu'n gegrwth ar ei hôl.

Roedd angen y gofal rhyfedda cyn mentro mynegi unrhyw fath o farn y dyddiau hyn. Digon posib mai wedi bod yn rhy barod ei barn fu hi wrth fagu Carys, a hithau'n gofidio amdani fel ei hunig blentyn. Sawl tro fe gafodd ei rhybuddio gan Robin i beidio â'i mygu, i ollwng gafael… Yn ddiweddar, teimlai Menna fel petai'r tir yn symud o dan ei thraed – roedd popeth yn gwibio heibio mor eithafol o gyflym. Weithiau, roedd fel petai hi ar ei phen ei hun bach mewn porthladd prysur, gyda llongau'r syniadau cyfoes yn hwylio'n hyderus at eu gorwelion newydd – hebddi hi.

Clywodd Menna glychau'r eglwys yn canu – ymarfer bore Iau. Roedd hi'n agosáu at un ar ddeg erbyn hyn. Dyma pryd y byddai hi fel arfer yn paratoi paned i'w gŵr a'i gymell i gael hoe fach o'i arddio. Dyna lle byddai o'n potsian yn hapus ar ei glwt o dir, waeth beth fyddai'r tywydd, yn ei glocsiau plastig gwyrdd, yn palu a chwynnu, neu'n creu rhywbeth allan o bren gan chwibanu'n gyfeillgar ar yr adar. Am un ar ddeg yn blygeiniol, mi fydden nhw'n eistedd gyda'u paneidiau yn eu hystafell haul gan anelu at orffen croesair y dydd gyda'i gilydd. Pam nad oedd hi wedi gwerthfawrogi'r holl bethau bach mawr yna ar y pryd? Ie, dyn y cwpan hanner llawn oedd ei gŵr, yn gwneud ei orau i lenwi ei chwpan hi.

Syllodd Menna trwy'r drws gan deimlo pelydrau'r haul hydrefol yn ei chynhesu. Dewis Robin oedd y drysau eang, a wnaethon nhw ddim difaru. Agorodd y bwlyn er mwyn cael mymryn o awyr. Gallai glywed chwerthin isel Shaimah o'r ardd drws nesaf, a'i mam yn siarad yn fyrlymus o gyfeiriad y gegin. Braf oedd eu clywed nhw.

"Menna…? Ble Menna? Fi mae e! Fi!"

Llais bach Shaimah oedd yn galw o'r ardd – ei Chymraeg carbwl ers ei chyfnod yn uned drochi'r ysgol yn donig. Cofiai Menna y ferch fach yn sôn wrthi, y tro cyntaf hwnnw iddyn nhw gwrdd, bod ganddi anti yn ôl adref oedd â'r un enw â hi. Ystyr yr enw, yn ei hiaith hi, mae'n debyg, oedd 'Rhodd gan Dduw'. Yn y munud, byddai ei mam yn codi ei phen uwchben y gwrych ac yn holi sut oedd hi.

"Fi a Mami mynd i caffi… Nôl trît," esboniodd llais bach Shaimah. "Moyn dweud i Menna am clwb celf. Fi 'di gwneud llun i ti! Menna dod hefyd, ie?"

Edrychodd Menna ar ei ffôn a blychau niferus yr hysbysiadau oedd ar agor. Cododd, fymryn yn ansad, gan ddal ei gafael ar ffrâm y drws gan wynebu'r ardd. Roedd yr aer yn ffres ar ei hwyneb; doedd yr un cwmwl uwch ei phen. Yng nghornel bella'r ardd, roedd y goeden ffyddlon yn drwm o afalau.

"Dwy funud, Shaimah!" galwodd Menna trwy'r drws, gan glicio *unfollow* ar y ddalen *Nordic Parenting Now* a rhoi ei ffôn i'w gadw. "Wna i'ch dilyn chi rŵan."

DELWEDD

GWELD ADFYRT AR *Facebook* ddaru fi – *Steilio Sera Styling*. Meddwl y bysa fo'n rhoi cic yn y tin. O'n i'n gwbo' y bysa fo'n costio ond nesh i hel digon o bres ar ôl 'chydig o fiso'dd. Fysa fo'n werth o, bob puntan. Mynd â fi i gyfnod newydd fysa'r sesiwn yma. Dechra' newydd. O'n i'n syrt o hynna.

Do'dd gin i'm clem be i wisgo nago'dd. *Typical* fi! O'n i'n sefyll fan'na yn nhraed yn sanna, fel hen gedor yn fy *dressing gown* lwyd pan landiodd hi yn y drws, fel ryw fath o Mary Poppins, pen i fyny, s'gwydda 'nôl, yn edrach yn syth mewn i'n ll'gada fi.

"Bore da, Dan."

Hogan dal o'dd hi - smart, fel 'sa chi'n ddisgw'l ma'n siŵr. Dillad lliwgar, joli amdani. Gwên *colgate* go iawn – gwynnach na thop *Guinness*. Ond gwên gwaith o'dd hi, dwi'n ama, achos do'dd hi ddim cweit yn cyrra'dd ochra 'i llygid hi.

O'dd hi reit ar amsar, chwara teg i'r hogan, ond o'n i'n diawlio'n hun achos do'n i'm 'di clirio, nago'n, am bo hi 'di cyrra'dd fel'na, ar amsar. O'n i am neud, ond o'n i 'di anghofio bo hi'n dod. Ma'n siŵr fod y fflat 'di codi pwys arni, bechod. Geriach a thŵls a photia growt ar hyd y coridor. Llestri'r w'thnos a'r holl gania cwrw a chartons tecawê yn un pentwr afiach ar y wyrctop. C'wilydd. Mwy o 'nialwch i fyny'r grisia pan ddechreuodd hi arni fan'na. Dillad budur 'di ca'l 'u lluchio rwsud, rwsud ar lawr, llenni 'di cau...

Dyna hi'n dechra mynd drw'r holl grysa yn y wardrob yn syth bin – fflicio drwyddyn nhw, heb edrach arnyn nhw go iawn, fatha bod hi'n mynd drw' dudalenna ryw fagasîn do'dd hi ddim wir am draffarth 'i ddarllan. Dillad di-liw, di-ddim. 'Y nillad i. A'th hi drwyddyn nhw mewn chwinciad chwannan a lluchio un crys hyll ar ôl y llall i fag bin du. Yn y diwadd, do'dd 'na fawr o ddim byd ar ôl ar y rêl, ond o'n i'n barod am y newid, yn do'n?

Mazda MX5 smart, gwyn o'dd hi'n 'i yrru, a'r top i lawr. Ar y ffor' i dre, dechreuish i deimlo'n reit egseited am yr holl beth. O'dd 'na ddyn y tu allan i'r mosg yn hwfro'r dail – g'neud i'r lle edrach yn ddel ar ddechra'r dydd. O'dd yr haul yn t'wnnu dros y docia ac o'n i ar yn ffor' i'r dre i brynu wardrob gyfa', lân – jesd i fi.

Wrth i ni gyrra'dd yr arcêd siopa newydd, o'dd 'na wydr bob man, fatha'n bod ni mewn rhyw fath o eglwys anfarth yn y dyfodol, neu rwbath. Neud i rywun deimlo'i bod hi'n mynd i fod yn ola dydd am byth. O'dd 'na ryw ddistawrwydd rhyfadd 'na, er bod llond y lle o bobol yn dawnsio o gwmpas traed 'i gilydd a'r holl fagia siopa 'na'n 'sgubo'n dawal heibio i'w gilydd.

Do'dd hi ddim wir yn hapus hefo'r dillad o'n i'n ddewis, dwi'm yn meddwl, ac o'dd hi'n mynnu estyn rhyw betha lliwgar, 'ylwch-arna-fi' i mi 'u 'styriad. Do'ddan nhw ddim yn 'fi' o gwbwl... Mi ffliodd unrhyw egseitment o'dd gen i drw'r ffenestri mawr gwydr 'na wrth i mi weld y dwrnod yn powlio o 'mlaen i fel carpad ar *catwalk* fysa byth yn dod i ben. Fuo jesd iawn i fi ga'l llond cratsh yn y 'sdafall wisgo. O'n i'n chwys laddar, yn boeth ac yn gosfa i gyd, a fan'na o'n i, yn sefyll o flaen y drych yn teimlo fel rêl clown, hefo crys streipiog glas a melyn yn glynu am 'y mol i, fatha bag claddu.

"Y't ti'n hapus, Dan?" dyna hi'n gofyn i fi fel 'na, o nunlla, wrth edrach reit mewn i'n llygid i, fel ddaru hi yn y fflat. Do'n i'm yn siŵr yn iawn a o'dd hi'n sôn am y dillad 'ta bywyd yn gyffredinol. Ddaru fi jesd dal i sefyll 'na fel pleb wrth drio peidio edrach ar yn hun yn y drych. Esh i i deimlo fatha 'mod i'n edrach ar yr holl beth o'r tu allan rwsud, fatha 'mod i'n gwatshad yn hun ar teli neu rwbath. O'dd hi'n haws fel'na. O'n i hannar awydd deud wrthi 'mod i *yn* hapus, 'mod i'n *champion*, fel y boi, go iawn. Ond a'th y geiria'n sownd rwsud, fel *prawn crackers* nithiwr yng nghefn 'y ngwddw i, a finna'n methu llyncu nhw.

Tu allan i'r siop, o'dd yr haul 'di mynd i guddiad, ond mi fedrwn i weld y stadiwm, jysd abówt, drw'r niwl. O'dd hi'n sbeitio fi, fatha ryw bry copyn mawr. Fan'na o'n i isio bod. Fel ers stalwm pan 'swn i'n mynd â'r hogia hefo fi i weld gêm – bag mawr o fferins yr un iddyn nhw a fflasg fach i fi. Dyddia Sadwrn i fi a'r bois.

O'n i ar yng nglinia' erbyn i'r sesiwn orffan, felly aethon ni am Starbucks. O'n blaena ni, dyma 'na hen ddyn yn tsiecio'i lun yng ngwydr y drws wrth fynd i mewn. Buan fydda i'n hen gedor fel fo, feddylish i, wrth gofio sut o'dd yn nhu mewn i'n pydru i gyd. Dyma hi'n gada'l i fi dalu am 'i the gwyrdd hi – do'dd hi'm isio cacan. O'dd 'i gwinedd hi mor dwt a glân, ddim fel yn rhai i sy'n felyn afiach ac ugain mlyadd o lwch growt wedi g'neud 'u ffor' o dan y croen.

Pan 'steddon ni tu allan, am ryw reswm, dyma fi'n atab 'i chwestiwn hi, do, y cwestiwn ofynnodd hi yn yr ystafall newid. Dyma fi'n deud wrthi'n strêt sut oedd petha. Sut o'dd petha go iawn – pam o'n i gymint o angan 'i help hi. Pa mor flêr o'dd petha, yr holl ddifaru hyll o'dd yn 'y myta fi'n fyw. 'Mod i isio bod yn rhywun arall – rhywun gwell...

Ddo'th 'i hatab hi allan o'i cheg hi'n un rhuban hir ar hyd y bwrdd alwminiwm. Os o'n i am ddringo'r grisia' mewn bywyd, medda hi'n bwyllog i gyd, mewn llais tawal bach;

os o'n i isio mwy o hyder, presenoldab, hunan barch; os o'n i isio ennill 'y ngwraig i 'nôl, ca'l gweld y bois eto…; os mai dyna o'n i wir isio, ro'dd angan i mi sylweddoli 'ngwerth yn hun, medda hi – caru fy hun – gwisgo'r dillad iawn. Trio bod yn glên o'dd hi, dwi'n meddwl, a hi o'dd yn iawn, ma'n siŵr. Ddaru hi ganmol fi i'r cymyla am gymryd y cam beth bynnag. "Y peth yw, Dan, ma'r ddelwedd mor, mor bwysig." Dyna ddudodd hi.

Godish i, wedyn. Codi a mynd i'r bathrwm – yr un mawr anabal yn y cefn i arbad ciwio. Edrychish i'n hir, hir, arna i yn hun yn y drych budur, a'r funud nesa, o'dd 'y mocha fi'n lyb socian a fy llygid i'n gochach na'r arfar. O'n i jesd mor prowd o'n hun yn 'y nillad ffasiynol, syth o'r siop, yn edrach fatha dyn newydd sbon. Mor prowd o be o'n i 'di neud.

Dwi'm yn siŵr faint o amsar a'th heibio a finna'n sbio fel'na ar y 'fi' newydd, yn methu coelio'r cam anfarth 'ma o'n i 'di gymryd, ond mi 'sgwydish i'n hun allan ohoni reit handi pan ddaru'n ffôn ddechra cwyno: "Ble y't ti?" Sera… Tecsd arall ar ei gefn o wedyn: "Fi'n gorffo mynd, sori Dan, client arall. Fi 'di rhoi dy fagie di tu ôl i'r cownter, ocê? 'Na i anfoneb i ti nes m'lan."

Esh i i nôl y bagia – fy wardrob newydd, lân. Tu allan, o'dd y glaw 'di dechra g'lychu yn *chocolate muffin*. Orffenish i fy *coke* a mynd o'na reit handi.

Am ryw reswm, wedyn, ddaru fi fynd i'r llyfrgell. O'n i ddim wir isio mynd trw' ddrws yr un siop arall. O'dd y drysa'n sbinio, fel 'y mhen i ar ôl pob dim, ond dyma fi'n cerddad i mewn, fatha bo fi'n gwbo be o'n i'n neud. O'dd 'y nghoesa' i bron â rhoid o'dana fi, a'r holl fagia 'na'n tynnu 'mreichia fi i lawr, felly dyma fi'n ploncio'n hun ar ryw *bean bag* smotiog yn y cyntadd.

Yn yr adran plant o'n i, a dyna pryd ddaru fi gofio. I fyny grisia o'dd 'u llyfra nhw o'r blaen, lle fysan ni i gyd yn mynd ar b'nawnia Sadwrn – Megan a fi a'r hogia... Dod â nhw yma iddyn nhw ga'l dewis 'u llyfra comics fysan ni – dal trên yma, wedyn trên arall 'nôl adra – jesd am laff. Teimlo fel bywyd arall erbyn hyn.

Drw'r drysa troi, fedrwn i weld ryw foi ifanc yn y glaw. O'dd 'na olwg mor druenus arna fo, bechod – cicio'i sodla, 'i gefn o 'di crymu i gyd fel marc cwestiwn. Ciwio o flaen drysa'r capal o'dd o, rycsac mawr ar 'i gefn – aros am damad ma'n siŵr. O leia do'dd petha ddim mor ddu arna fi, nag'ddan? Yn edrach ar yr adfyrts wrth y drws, o'dd 'na hogan ifanc, bol bach twt dan 'i chôt, golwg 'di blino'n rhacs arni, fel 'sa Megan yn y miso'dd ola' 'na o gario.

Yn 'y meddwl i, yn fan'na, ar y *bean bag* plant yn llyfrgell dre, o'n i 'nôl hefo Megan, yn lle bynnag ma' hi a'r bois yn byw rŵan... Bag o bopcorn rhwng y ddau ohona ni, o flaen tân, ar ôl i ni fod yn setlo'r ddau hefo'n gilydd. Mi fysa hi mor glyd ar y soffa wrth yn ochor i, a fan'na 'swn i, yn 'y nillad newydd, smart, yn edrach yn rêl boi. Fysa dim angan agor unrhyw gan – a fysa'r teli ddim 'mlaen, fydda dim o'i angan o. Jesd siarad fyddan ni'n dau, siarad a stopio siarad weithia, yn gyfforddus i gyd, gwrando ar glecian y coed tân yn y grât. A bysa pob dim yn iawn, rwsut, fel o'dd petha cyn i bob dim chwalu. Rwsut, bysa pob dim yn iawn.

Ar y stryd fawr, ro'dd 'na gang o hogia'n 'neud tricia. O'ddan nhw'n chwerthin o'i hochor hi wrth iddyn nhw ddeud wrth y crowd o'dd 'di casglu am roid eu pres yn eu het *pork pie*. Ro'dd Primark yn powndio mynd fatha arfar. Lle i ddawnsio tan yr oria mân o'dd y lle o'r blaen. Cofio fel 'swn i a Megan yn mynd 'na 'stalwm, pan oedd amsar jesd yn rhwbath i'w lenwi. Ew, oddan ni'n ca'l ffasiwn laff hefo'n gilydd.

Yn mochal o dan y bondo o flaen drysa' Primark, ro'dd yr hogyn blêr 'na welish i'n gynharach. Heb feddwl, yn groes i'r graen rwsut, esh i ato fo. Blygish i lawr ar yng nghwrcwd, jysd fel'na, rhoid papur deg yn ei gap, nodio 'mhen, mymryn lleia', jesd iddo fo ga'l gwbod 'mod i wed'i weld o ac edrach yn syth i mewn i'w lygid. O'n i'n teimlo mor dda yn g'neud hynna. O'dd o fel 'swn i'n rhywun sy'n edrach ar ôl pobol erill, ddim jesd fi fy hun. Teimlad cynnas, braf.

Ddaru fo glicio bryd hynny, dwi'n meddwl. O'dd o fel 'swn i'n gwbo', rwla, yn ddwfn tu fewn i fi, y bysa pob dim yn ocê o hynny 'mlaen. Felly esh i i'r *pub* i ddathlu.

DISGWYL

Y TU ALLAN i'r caffi cŵn, dwi'n sefyllian yn y fynedfa. Dyma dwi'n tueddu i'w wneud pan fydda' i'n cwrdd â Hawys achos ma' hi wastad yn hwyr a gas gen i wario ar fwy o ddiodydd nag sydd rhaid. Dwi ddim yn siŵr pam mai cwrdd yn y caffi swnllyd 'ma ydan ni bob tro chwaith, yn enwedig gan fod Hawys fel arfer ar binna' isio i Taliesin gysgu. Ma' 'na gŵn o bob math yn y caffi, yn cyfarth am y gora', yn glafoerio a siglo'u cynffonna' bach blewog. Uwch eu penna', mae eu perchnogion yn barod i gynnig ambell i 'o bach' a swsys a snacs. Ma' pawb angen rhywbeth i'w garu, tydyn?

Siop elusen oedd y caffi 'ma o'r blaen, pan symudon ni yma gynta'. Mi fyddai'r fynedfa'n aml yn llawn bagia elusen bob bore Llun, yn llawn dillad, creiria' a thegana plant wrth i bobl y lle 'ma frasgamu o un cyfnod yn eu bywyda prysur i'r un nesa'.

Mae'n reit braf dal ar y cyfla i wylio'r byd yn mynd a dod trwy ddrws y caffi a deud y gwir. Ella 'mod i ychydig dan draed wrth i bobl halio eu cŵn a'u babis mewn

—55—

bygis i mewn ac allan i dincian y gloch groeso a'r jingyls Nadoligaidd (mis Tachwedd ydi hi, ac ma'r Nadolig yn barod wrth y drws), ond ma'r rhan fwya o bobl yn gwenu'n gyfeillgar arna i wrth i mi ddal y drws yn agored iddyn nhw. O 'mlaen i, mae 'na boster o ddau Labrador bach ciwt yn swatio o dan goeden Nadolig, hetia Sôn Corn ar eu penna'. 'Nid beth sydd o dan y goeden sy'n cyfrif, ond pwy sydd o'i chwmpas hi,' medd yr ysgrifen grand. Ma' isio 'mynadd.

Yn fy meddwl, dwi'n ôl o dan garthenni melfedaidd Mayumi yn gynharach y bore 'ma. Dwi'n trio amcangyfri tua faint o driniaetha' dwi wedi 'u cael ganddi erbyn hyn. Tasa gan Brian unrhyw syniad gymaint o'n pres sy'n glanio'n gyson yn ei phwrs *Louis Vitton*, mi fysa fo'n cael haint. Mae o'n tueddu i fod yn ddigon amheus am yr holl ddulliau dwi'n eu trio y dyddia yma, a finna'n gorfod ei atgoffa fod rhaid i bobl fel ni gerdded mewn ffydd. Ond dwi'n gwybod, ym mêr fy esgyrn, ei fod o'n awyddus i ni drio unrhyw beth, ac mi rydan ni hefo'n gilydd ar y daith gythryblus yma, yn tydan?

Yn y ffenest lydan, yn y lle mwya' cyhoeddus wrth ymyl y goeden sgleiniog, mae 'na ddynas fawr, gwallt piws, yn gweu sgarff liwgar wrth fwydo 'i babi gwallt coch uwchben 'i chardigan, heb drafferthu cuddio gormod chwaith. Tydi hi ddim yn edrych fel tase hi'n ddigon ifanc i fod yn fam, rywsut. A dweud y gwir, mi wnes i

Disgwyl

gamsyniad yn gynt mai nain y babi oedd hi, yn gwarchod y bychan am y p'nawn. Tydi oedran yn golygu dim byd y dyddia yma, dwi'n cysuro fy hun. Ar y bwrdd gyferbyn, mae merch ifanc, feichiog, yn niblan ar *pain au chocolat*, gwydryn bach o ddŵr o'i blaen a golwg bell ar ei hwyneb. Be fyddwn i'n 'i neud i fod yn ei hesgidia' hi?

Achos bob mis, dwi'n darbwyllo fy hun mai dyma'r foment. Dyma'r mis, dyma'r lloer sydd o 'mhlaid i. Mae 'na wahanol ffactorau sy'n g'neud i mi deimlo'n hyderus bob tro. Mi fedr fod yn unrhyw beth – fy nhymheredd, fy lefelau egni, y blasau dwi'n eu blasu, neu'r ffaith nad ydw i'n teimlo'r un chwalfa hormonaidd arferol. Gall unrhyw arwydd bychan, bach, gynnig rhyw lygedyn o obaith. Dwi 'di trio pob math o betha: Therapi Llysieuol, *Craniosacral*, *Reflexology*, Ioga Ffrwythlondeb, heb sôn am fy neiet eithafol o iach o ffeibr uchel, di-gaffein, di-siwgr, di-alcohol.

Mi fydda' i'n meddwl ar brydia, mai triniaethau cyson fel yr un nodwyddog, ddrud, ges i'r bore 'ma sydd ar fai. Hwyrach mai nhw sy'n chwarae giamocs hefo 'nhu mewn i, er eironig ar y diawl fasa hynny, hefyd. Ond dwi wir, wir, yn meddwl fod y Mayumi 'ma'n sicr o'i phetha; yn wahanol i'r Bwyles wallt golau 'na sy'n hyfforddi o dan ei hadain, wnaeth adael imi gerdded allan trwy ddrws y clinig hefo nodwydd yn sownd wrth fy ffêr!

Bob tro y bydda i'n aros fy nhro yng nghlinig Mayumi, mi fydda i'n darllen y toriadau papur newydd sydd ar hyd walia'r dderbynfa. Ynddyn nhw, mae testimonials rhieni balch sy'n canmol meistres y nodwyddau i'r entrychion. Wrth eu hymyl nhw, mae 'na lunia o'r babis bach dela' fyw, yn gwenu'n annwyl ar y byd, fel tasan nhw'n synnu'n fwy na neb at ryfeddod eu bod. Ambell dro, mi fydda i'n tynnu llunia o'r straeon yma ar fy ffôn er mwyn eu dangos nhw i Brian 'nôl adra. Ac mi fydda i'n eu darllen nhw, dro ar ôl tro, hanesion y plantos bach gwyrthiol yma. Dwi'n gadael i eiriau gobeithiol y rhieni fy llenwi hefo rhyw fath o hyder newydd.

Mae tincian y drws yn fy nadebru wrth i Hawys, o'r diwedd, lanio trwy'r glaw, ei gwynt yn ei dwrn a golwg braidd yn wyllt arni. Mae Taliesin yn hepian yn braf o dan flanced feddal, ei anadlu cyson yn stemio'r gorchudd tryloyw sy'n ei gadw fo'n glyd yn ei stroler. Wrth edrych arno fo fan'na yn ei gocŵn clyd, mi fedra i deimlo'r darn bach yna y tu mewn i mi sy'n ysu i gael fy ngwthio mewn stroler i bob man hefyd. Mi allwn i osgoi wynebu'r holl benderfyniadau parhaus sydd i'w g'neud ym myd y bobl fawr, wedyn. Mae 'na ran arall fwy ohona' i, wrth gwrs, sy'n desbret i eistedd mewn caffi gyda 'mhlentyn fy hun wrth f'ymyl, yn hytrach na phlentyn ffrind.

Ar ôl cwtsh lletchwith dros y *Bugaboo*, rydan ni'n gwthio olwynion herciog y stroler dros drothwy'r caffi.

I ffwrdd â Hawys wedyn i chwilio am y bwrdd mwyaf addas, tra 'mod i'n halio cadair uchel drom o'r gongl bella'. I gyfeiliant *All I Want For Christmas Is You*, mae hanes ei bore yn cael ei ddatgelu i mi. Y gwir amdani ydi, ma' 'na wastad rhyw ddrama gan Hawys – rhyw elfen o rianta fel mam i dri sydd angen cwyno amdano, boed hynny'n *C section* brys, diffyg cwsg, problemau bwydo, alergeddau, prisiau gwersi Bygi Heini, gofal plant annigonol, llythyrau Siôn Corn rhy uchelgeisiol, *mastitis*, mwydod... Y tro dwytha i ni gwrdd, ro'dd Taliesin wedi bwyta tabled golchi dillad, neu felly'r oedd Hawys a Prysor wedi amau beth bynnag, a gorfu iddyn nhw dreulio pum awr yn adran argyfwng yr ysbyty. Pawb at y peth y bo.

Unwaith eto heddiw, mae hi o dan y don ac yn dylyfu gên yn aml er mwyn tanlinellu ei phwynt. Mi ddeffrôdd i dantrym enfawr gan Arianwen mae'n debyg, ar ôl iddi ddeall fod crys-T melyn ei thîm Mabolgampau, Rhymni, yn wlyb socian yn y golch; hynny wrth i Mabli Glwys bi-pi ar hyd y llawr *parquet* newydd cyn gwrthod yn lân â gwisgo na gadael i'w mam olchi ei hwyneb, na chael unrhyw fath o drefn ar ei gwallt. Tabled glwcos a mymryn o *mouthwash* gafodd Hawys i frecwast, ac mi gollon nhw ddrws y feithrinfa a drws Blwyddyn Un o drwch y blewyn gan i Mabli fynnu stopio bob dau funud i astudio pob math o 'nialwch dan draed ar eu ffordd i'r ysgol. Hyn i gyd ar ben y ffaith fod gwalltiau'r tri, ynghyd â gwallt Prysor a hitha, wedi gorfod mynd trwy sesiwn lladd chwain neithiwr o flaen naw pennod o Peppa.

"Na'i gael hwn 'li." Dwi'n dal fy hun yn torrri ar draws ei llith yn sydyn. "*Flat white*, ia?"

"Ie, *double shot* i fi, bach," mae'n ateb wrth lithro'n lluddedig o'i chôt law. "W, a chacen siocled – angen yr egni t'wel. Dwi fel sombi!" Mae'n cynnig gwên enillgar i mi gan wthio Taliesin yn ôl ac ymlaen yn ei stroler. Wrth i mi gerdded i gyfeiriad y cownter, heibio i'r posteri elusennau cŵn, mae'n galw'n uchel ar fy ôl – "Gwydred o la'th i Tali bach hefyd, ie Siân? Lyfli."

Wrth giwio, mae 'meddwl i'n crwydro'n ôl i glinig Mayumi. Mi wnes i fentro lleisio fy amheuon iddi am y tro cynta' y bore 'ma wrth ei holi'n ofalus sut yn union mae'r driniaeth i fod i fy helpu. Dyna hi'n egluro yn ei llais tyner-dawel-siffrwd-y-môr-dim-problem-yn-y-byd, sut mae'r cyfeillion bach miniog yn effeithio ar lefelau'r hormonau, a bod modd meddwl am y triniaethau mewn modd dwyreiniol neu orllewinol, yn dibynnu ar duedd yr unigolyn. Yn sicr, maen nhw'n glec fisol, nid ansylweddol, i'r cyfrif banc. O leia' dwi heb wario 'mhres i gyd ar rewi fy wyau, fel mae'r rhan fwya' o'r selébs yn 'i neud.

Dyna lle ro'n i'n trio 'ngora' i ymlacio i gyfeilaint tonnau'n torri ar draethau pell a chau fy meddwl i eiriau negyddol fy isymwybod... Ond tydi ymlacio ac ymddiried ddim yn hawdd pan ma' gen ti ddegau o binnau bach yn goglais dy groen, a'r tic, tic, tician mewnol yna'n codi'n uwch ac yn uwch ac yn uwch. Pam na fedr amser rewi yn lle carlamu yn ei flaen yn barhaus?

Mae 'na fam ifanc yn gwthio heibio i mi'n bowld i gyd a phedwar o rai bach yn dynn wrth ei sodla. Pedwar... Ma' hi'n rhyw lun o sgrechian wrth siarad ac yn rhoi sgwd iawn i'r hogyn hyna' o flaen y ciw wrth iddo feiddio estyn am becyn o bopcorn. Gas gen i'r hogan. Ma' hi'n bytheirio ar y plant am y petha lleia fyw ac mae'n amlwg mai 'Na' ydi ei hoff air hi, fel cymaint o rieni eraill. Pam bod rhai pobl yn dewis magu plant o gwbl, os ydyn nhw'n drwglicio'r gwaith? Mi fedra' i gysuro fy hun a meddwl mai gwarchodwraig, o bosib, ydi hon, a dwi'n gwneud adduned i mi fy hun yn y fan a'r lle na fydda' i byth bythoedd yn ymddiried y-plentyn-a-ddaw-ryw-awr-ryw-ddydd-gobeithio-gobeithio-gobeithio dan ofal dieithryn digysur fel hi.

Ar fy ffordd yn ôl at y bwrdd, dwi'n pasio *husky* hardd sy'n slyrpian o dwbyn hufen iâ yng nghwmni dwy wenog, a sbaniel llygaid mawr – golwg angan mwythau ar y c'radur. Dwi'n trio peidio sefyll ar ei gynffon wrth i mi ddal fy ngafael yn yr hambwrdd llawn. Hwyrach mai Elspeth drws nesa' sy'n iawn ac mai ci bach geith Brian a fi'n y diwedd.

Yn ôl yn fy sedd, ac mae Hawys yn fflician yn brysur trwy ei ffôn. Ymchwilio am ysgol arall i'r merched ma' hi, eglura, heddiw eto, gan fod yr un gyfredol 'jesd ddim digon da'. Dwi ddim yn rhy siŵr, fy hun, pam ei bod hi'n colli cwsg am y busnes ysgolion 'ma. Ma'r ddwy yn mynychu ysgol dda, sy'n agos at eu cartra, ond ma' hi'n ysu am gael tŷ mwy a phob dim gwell, o ran hynny, dwi'n ama. Y gofid mawr wrth, gwrs, ydi ei bod hi wedi gadael pethau'n rhy hwyr, gan fod y ddwy hyna' wedi setlo'n ddel yn eu dosbarthiada erbyn hyn. Tydi hi'n sicr ddim isio i Taliesin fynd i ysgol wahanol a chael ei gorfodi i redeg i fwy nag un ysgol bob bore. "Bydde 'na'n 'y lladd i," mae'n egluro yn ei llais brysiog, tawel, cyn rhawio llond llwyaid o gacen i'w cheg.

O dro i dro, mae'n edrych yn nerfus i gyfeiriad y *Bugaboo*. Mi fedra' i weld y panig yn ei llygaid ambell waith wrth iddi glywed y synau bach cyfarwydd o'r stroler. Nesa' mi fydd hi'n ailddechrau rowlio'r cerbyd yn ôl ac ymlaen fel dynes ar y dibyn, wrth drio darbwyllo'i mab i fynd yn ôl i diriogaeth cwsg.

"Llyfre Cymraeg i neud i'r jiawled bach gysgu sy angen, Siân!" Mae'n wincio'n wybodus arna' i wrth iddi rannu ei syniadaeth. "Bwlch yn y farchnad i ti fan'na, falle. Paid becs, wna' i ddim tsharjo ti am y syniad!"

Ella nad ydi hi'n cofio mai Cynorthwyydd Dosbarth

Disgwyl

Derbyn rhan amser ydw i, nid Julia Donaldson Cymru. Gorau dawo, mae'n siŵr...

"A phwy sy 'di ca'l cici-beis neis? Ai Tali Wali bach fi?" gofynna mewn llais canu wrth weld Taliesin yn stwrian o'i gyntun. Ysgwyd ei ben yn bendant wna yntau gan wgu ar ei fam sy'n estyn amdano o grombil y stroler. Cyn i'w mab bach prysur gael cyfle i redeg at y goeden Nadolig a'i thynnu i lawr ar ben cwpl oedrannus, caiff ei sodro yn y gadair uchel a'i strapio yn ei le. Mae ei fam flinedig yn estyn pum deinosor plastig o'i bag a'u gosod yn un rhes o'i flaen. Wedyn, mae'n cydbwyso ei ffôn yn erbyn y bowlen siwgr gan ddethol *app* i gynnig adloniant ysgafn. "Jolch byth am Cyw a'i ffrindie, yn tife?!" sibryda'n frwd â golwg fymryn yn ansad yn ei llygaid. Mae blip blipian byrlymus yr aderyn bach melyn yn canu'n swnllyd rhwng y ddwy ohonon ni wrth i Taliesin daro ei ddeinosoriaid, un wrth un, yn erbyn coes y bwrdd. Yna, mae'n estyn am ei wydryn o lefrith a'i slyrpian yn afiaethus trwy welltyn. "Waw! Ma' syched ar Tali ni heddi, nago's e?!" sylwa'i fam. "Co ti'n sugno'r gwelltyn 'na! 'S'dim rhaid i ti 'i yfed e i gyd nawr, bach, neu gei di fola tost!"

Ar ôl llowcio'r llefrith, pwysa Taliesin yn ôl ac ymlaen yn ei gadair uchel mewn ymgais anturus i weld pa mor bell yn ôl yr eith o cyn taro'i ben ar y llawr teils. Deifia ei fam i'w achub o'i gwymp anorfod a'i dynnu at erchwyn y bwrdd. Ceisio'i gora' glas i dynnu'i sylw mae hi rŵan, trwy ddawnsio i gyfeiliant cân sionc sydd ar sgrin ei ffôn am frwsio, brwsio dannedd. "Edrych di ar Mama, Tali. Mama'n mynd i dynnu llun i Tada gael gweld shwt hwyl ni'n dou'n ca'l…" Mae'n estyn am ei ffôn gan ei bwyntio'n bendant o'i flaen. "Edrych ar Mama nawr… Gwenu ar Mama… Dim tafod mas, nawr, na… Na, Tali, fydd Tada ddim yn lico ti'n g'neud 'na! Gwenu…"

Tydi Taliesin ddim am gydymffurio. Mae'n cydio mewn llwy o'r bowlen siwgr a'i tharo'n swnllyd, eto ac eto yn erbyn y cwpan coffi. Yn y broses, tywallta weddill diod Hawys ar hyd y bwrdd, cyn cythru i sglaffio gweddillion ei chacen a chwifio'r syrfiét yn ei hwyneb yn wyllt. "O, 'so ni gatre nawr, Tali bach," ochneidia hithau'n isel gan fynd ar ei gliniau er mwyn clirio'r briwsion. Edrycha'r mab i lawr ar ei fam gyda gwên siocledaidd, fuddugoliaethus, ar ei wyneb. Rŵan, aiff ei sylw at gynnwys ei phwrs wrth iddo dynnu'r holl gardiau pwysig o'u hamlenni'n systematig a'u taflu bob sut o'i flaen. "Paid Tali bach, paid nawr…" medd Hawys yn dawel gyda'r mymryn lleiaf o gri erfyniol yn ei llais.

"Nawr, odi Tali moyn pi-pi pops i Mama cyn i ni fynd?" gofynna wrth godi'n lletchwith o'r llawr ac estyn poti teithiol siâp deinosor o'i bag. Hynny, cyn i holl fanylion hyfforddiant poti ei mab gael ei ddadlennu i mi. Mae'n debyg bod cymaint o dechnegau gwahanol ar gael bellach i daclo'r garreg filltir, a bod dyfais ddiweddara'r poti bocs teithiol yn wir yn fendith… Dwi'n cael fy nal ganddi am eiliad yn edrych ar y cloc, ac am ennyd, mae'r llif monologaidd yn peidio.

"O, Siân, co fi fan hyn yn mynd 'mla'n a 'mla'n a 'm'la'n! Sori, bach! So, shwt wy ti, gwed?"

Mae'n taro cip bach poenus, lled obeithiol, at 'y nghanol, cyn edrych arna' i hefo rhyw olwg o gonsýrn nawddoglyd yng nghorneli ei llygaid. Dwi'm yn siŵr yn union ble i edrych. Uwchben ei gwefusau, mae ewyn ei choffi laethog yn fwstásh tenau tra bod olion ei chacen siocled yn friwsion brown ar hyd ei boch. Dwi'n sipian o rimyn fy *skinny soya latte* digaffein, cyn ateb mor siriol ag y medra' i, "Fi ..? O, dwi fel y boi, 'sti."

Nodia hithau'n frwd o glywed yr ateb cywir gan ddechrau hel ei hafflau wrth baratoi i adael. "Reit. Mama a Tali'n mynd nawr," cyhoedda'n awdurdodol i'r caffi, gan godi ei mab o'i sedd uchel. "Amser nôl dy 'whiorydd mawr di, yn dyw e? W, byddan nhw'n falch o dy weld ti, yn byddan nhw? Mae Mama a Tali'n mynd i olchi dwylo nawr, gwisgo'n cotie, Tali'n mynd i'r stroler, a wedyn ni'n dweud diolch mawr wrth y caffi, nagyn ni? Ni'n rhoi diolch mawr i'r caffi am y coffi. Diolch am y lla'th. Diolch am y gacen!"

* * *

Ar fy ffordd adra, mae'r glaw yn poeri yn fy wyneb i, ond mae'n help rywsut i glirio 'mhen ar ôl clindarddach y caffi. Dwi'n prynu'r *Big Issue* gan yr hogan dawedog yna o Rwmania sy wastad yn ei chwman o flaen y Co-op. Weithia', mi fydda' i'n picio i'r fferyllfa wrth ymyl i brynu bag neu ddau o napis iddi wrth i mi nôl fy ffyn ffrwythlondeb, ond dwi jesd isio mynd adra rŵan. '*A hand up, not a hand out*,' meddan nhw, yndê.

Dwi'n dal fy hun yn loetran o flaen drws y gwerthwyr tai. Yn y ffenest, mae 'na fideo'n dangos tŷ smart, anferthol, hefo balconi o'i gwmpas a phwll nofio siâp calon o'i flaen. Dwi'n cael fy hudo ar y daith rithiol trwy ddrysau'r ystafelloedd crand, cyn bachu cylchgrawn o'r ciosg plastig. Mi fedra' i glywed llais Brian yn 'y mhen yn deud wrtha' i i be sydd isio chwilio am dŷ mwy pan mai dim ond y ddau ohonan ni sydd.

Dwi'n pasio'r tai crand wrth yr eglwys, sy'n swatio'n saff y tu ôl i'w giatiau electronig, gan gadw cownt o'r rhifau sydd wedi eu nodi o'u blaenau, fel y bydda' i'n g'neud bob tro… 32, 34, 36, 38, 40, 42… Ma' edrych ar rifau tai wastad yn g'neud i mi feddwl am amser didrugaredd yn rhuthro yn ei flaen.

Er mwyn osgoi pasio drysau'r feithrinfa, yn ôl fy arfer, dwi'n troi am adra trwy'r fynwent. Wrth y giât, mae'r goeden ywen fawr sy'n uwch na thŵr yr eglwys hyd yn oed. Maen nhw'n medru byw am dair mil o flynyddoedd, meddan nhw. Heb boeni am gael fy ngweld gan neb sy'n digwydd pasio, dwi'n estyn am ei rhisgl a gadael i fy llaw orffwys yno. Mi fedra' i deimlo dafnau'r glaw yn gwlychu fy ngwar, ond 'di o affliw o otsh gen i. Dwi'n cau fy llygaid yn dynn wrth agor fy mreichiau led y pen a chydio am ei chanol gan wasgu fy moch yn ei herbyn. Rywsut, mae cadernid y boncyff yma'n fy llonyddu – mae'n fy ngwreiddio…

Yn y pellter, mi fedra'i glywed y gloch gyfarwydd yna'n canu, a dwi'n dal fy hun yn meddwl amdanyn nhw. Y nhw fach, fawr, fyddai'n cerdded trwy'r glwyd i'r ysgol, yn dod yn ôl am adra rŵan, tasen nhw wedi cael byw. Bron na fedra' i deimlo gwreiddiau'r goeden fel tasan nhw'n tyfu o wadnau 'nhraed wrth i mi feddwl am drigolion y ddaear ryfeddol yma, yn gweu o gwmpas ei gilydd yn y tapestri enfawr; y miloedd o alaethau sy'n bodoli ar gyfer pob un person byw; yr holl filiynau ar filiynau o wyau na ddaeth i fod. Dwi'n meddwl am yr holl fywydau fuo fyw, sydd erbyn hyn ddim yn fyw, sydd erbyn hyn yn llwch o dan fy nhraed, rhwng gwreiddiau'r hen goeden yma. A dwi'n cydio ynddi; dwi'n cydio'n yr hen, hen goeden yn dynnach nag erioed, wrth i gloch diwedd y dydd ganu.

TIR DIARTH

*D*IM OND DELWEDD *frau, ddu a gwyn sydd gen i ohonot ti, ond dwi'n ei thrysori. Mi wela' i dy holl fodolaeth yn cael ei weu yn y dirgel. A dwi'n rhyfeddu…*

* * *

K359714. Dyna ydi'n henw, ein hunaniaeth, pan awn i riportio ein bodolaeth.

Cael ein symud yn ddisymwth gawson ni ddoe, unwaith eto. Rhybudd o dridiau. Weithiau, mi fydda i'n meddwl mai breuddwydio ydw i… Doedd gen i ddim syniad i ba ran o'r ddinas y bydden nhw'n ei dewis y tro hwn. Mi wasgodd y ddynes ddi-wên ei gewin llachar ar wyneb y map. Hi oedd wastad mor barod i fy nhargedu gyda'i chwestiynau: Pam 'mod i'n dal i fod yno? Pam roeddwn i'n mynnu aros?

Dwi'n ffodus nad ein symud i ddinas arall wnaethon nhw. Dim ond iddyn nhw ddweud y gair ac mae'n rheidrwydd ar un, fel fi, i ufuddhau. Manceinion, Lerpwl, Leeds... Mae enwau'r llefydd hynny'n dal yn siapiau estron ar fy nhafod. Wnes i erioed glywed am fodolaeth y gornel yma o'r ddinas o'r blaen ychwaith, ond i'r fan hyn roedd yn rhaid mynd. Ffarwelio â merched a phlant y tŷ diwethaf a chamu dros drothwy diarth.

* * *

Mi gerddais heibio i angladd heddiw. Pawb yn dwt yn eu du. Sut mae Nain annwyl, tybed? Roedd hi mor fregus, a ffioedd y feddyginaeth barhaus yn drech na hi. Mi fyddet ti wedi mopio hefo dy hen Nain. 'Un bur' ydi ystyr ei henw, Agnesa. Roedd ei chroeso hi'n felys – fel y Trileçe *llaethog neu'r* Shendetlie *ar achlysuron arbennig, gyda'i gnau Ffrengig a'r mêl fyddai'n llifo. Be wnawn i heddiw am damaid bach o'i chwmni? Dwi'n cofio'n rhy dda y cyd-fwyta a'r chwerthin yng nghysgod yr hwyr; fflamau tân agored yn ei gardd yn ein cynhesu wrth iddi rannu atgofion bore oes – haul bendigedig y diwetydd yn machlud. Ydi hi'n deall, tybed, pam y bu'n rhaid ffoi?*

Ei chroen mor feddal a finnau'n rhwbio'r olew rhesymol yna yn y rhychau bach. Rydan ni i gyd wedi ein creu i gael ein cyffwrdd yn yr hen fyd yma, yn tydan?

Dwi am i ni fod yn rhai sy'n cofleidio, fy mechan i. Dwi

ddim am i unrhyw bellter oer dyfu rhyngom dros dreigl y blynyddoedd.

* * *

Mi fydda' i'n eu gweld nhw weithiau pan fydda i'n mentro i'w canol. Y mamis caffis. Dim ond unwaith yn y pedwar amser pan fydda' i wedi hel fy ngheiniogau prin.

Darn bach o dost yn unig fydda' i'n ei gael fel arfer, ond dyna fentro dewis pestri gyda haen o siocled yn ei ganol y tro yma. Roedd hi'n ben-blwydd arna' i, ti'n gweld – pedair ar bymtheg... Fydda' i byth yn prynu diod. Dŵr a rhew o'r jwg, bob tro. Pan wyt ti'n gorfod goroesi ar bedwar deg saith punt a phedwar deg naw ceiniog yr wythnos, mae pob ceiniog yn cyfrif.

Darllenais boster, wrth giwio, am gryfderau cûn – 'caredig, ffyddlon, triw...' O 'mlaen, roedd cwpl gyda chi bach rhyngddynt – y ddau yn ei holi'n annwyl pa ddanteithion roedd o am eu cael. Ar y Tir Diarth, mae pobl yn aml yn sgwrsio â'u cûn fel y bydd pobl fel arfer yn siarad efo'u plant. Pan eisteddais, roedd dynes wrth fy ymyl, gyda stroler fyddai'n ddrutach nag ambell gar, yn trio cadw ei mab bach rhag deffro drwy ei wthio yn ôl ac ymlaen.

Maen nhw mor smart – y mamis caffis – yn eu ffrogiau sy'n gwneud ffafrau. Bŵts lledr-go-iawn, aeliau siapus ac ewinedd wedi eu paentio'n ddel. Dydyn nhw'n poeni am fawr o ddim, mae'n siŵr – dim byd na fedrith cwynion dros goffi o ochr arall y byd ei ddatrys, beth bynnag. Does ganddyn nhw ddim gofidiau ddoe nac yfory, nac yfory wedyn i'w plagio. Dim hunllefau i'w deffro yn nhrymder nos. Ond, mae 'na wastad gwynion. Ella nad ydi'r tad yn tynnu ei bwysau. Ella ei fod o'n pwyso arni hi i fynd yn ôl i'r gwaith yn gynamserol. Ella nad ydi o'n fodlon cael y snip...

Sut brofiad fyddai eistedd yn eu canol nhw, tybed – fy sleisen o gacen a fy grande cappuccino *o fy mlaen? Ers talwm, roeddwn i a Roza'n sicr y byddem ni'n magu plant yr un pryd. Mi fydden ni'n arfer tynnu ar ein gilydd wrth i ni geisio dyfalu pwy fyddai'r cyntaf i ddal. Dwi'n dychmygu cynhesrwydd fy chwaer fawr wrth fy ymyl a ninnau'n rhannu nodiadau dros debotiad o de melys. Mae'r hiraeth yn brifo.*

Ar brydiau, bydda' i'n teimlo hen deimladau cas tuag at y merched dieithr yma'n cyniwair. Ac eto, unwaith y bydd y teimladau hyll yn brigo i'r wyneb, dwi'n cywilyddio. Achos nid eu bai nhw ydi hi iddyn nhw gael cardiau caredig yng ngêm bywyd. Mae gan bawb eu pryderon. A phwy a ŵyr pa dywyllwch sy'n cuddio y tu ôl i'w colur gofalus?

* * *

Es i siop enfawr, llawn pethau drud – llen o oleuadau'n goferu dros y grisiau. Mi welais i ddyn chwyslyd yn gwthio troli â'i lond o ddillad a dynes dal yn dweud wrtho fo pa eitemau i'w dewis; golwg ar goll ar y dyn wrth lusgo'n ei flaen.

Yn yr adran blant, mi fyseddais i ffrog ddelicet, i ferch fach fel ti. Les cywrain yn plethu'n brydferth am y canol a'r botymau siâp calon delaf fyw. Mae yna lun ohona i'n gwisgo ffrog debyg yn un o albwms y teulu.

Yn yr adran dechnegol, eisteddais ar stôl ddringo er mwyn cael pum munud. Ar bedair sgrin enfawr, roedd 'na raglen wag am adnewyddu tai. Roedd giatiau uchel yn gaer o gwmpas y tŷ dan sylw – mur yn gwahanu, yn gwahaniaethu. Dyna lle roedd y perchnogion yn hwylio trwy'r ystafelloedd gan gymell y criw ffilmio i'w dilyn; sgrin deledu fawr o flaen ynys y gegin a ffotograff dilychwin ar y wal ohonyn nhw a'u bachgen bach. Hen ddigon o le i ddifyrru pum deg o bobl yno, yn hawdd.

Mynd ati wedyn i ddangos sut roedden nhw wedi cadw nodweddion gwreiddiol:

"Perthyn i'r dauddegau mae'r tŷ, yn wreiddiol," meddai'r perchennog yn yr isdeitlau. Dyn golygus, crys-T tyn, gwyn a dannedd gwynnach.

"Welon ni ddogfenne gwreiddiol y tŷ yn yr achifdy," ategodd y wraig yn frwd, wrth sipian rhywbeth pinc o

wydryn main. "Ro'dd rhaid dod o hyd i'r lliw fydde'n gweddu i'r dryse – a'r union deils ar gyfer y llawr, wrth gwrs. Ma' bod yn driw i wreiddie'r cartre wedi bod yn daith mor bwysig i ni, a dweud y gwir."

Roedd hi'n byw i'w chastell, y wraig yma; ei hystafell ar gyfer dillad, esgidiau a bagiau yn fwy na'n hystafell fach ni.

Mi godais i cyn i'r rhaglen ddod i ben i nôl gwydraid o ddŵr o'r caffi. Fedrwn i ddim stumogi mwy.

* * *

Yn y fan honno mi welais i hi… Ei gwallt wedi ei liwio, un ochr yn biws a'r ochr arall yn wyrdd llachar heb ymddiheuro. Fedrwn i ddim ond gweld fy hun ynddi. Y fi ifanc, ddiarth, ddim mor bell â hynny'n ôl, cyn i'r byd droi'r tu chwith allan a 'mhoeri i allan, heb dystysgrif Dëftesë Pjekurie *yr ysgol uwchradd, na'r un dim i fy enw – cyn i astudio unrhyw radd droi'n amhosibilrwydd llwyr. Cyn i amser ei hun rewi.*

Eistedd yng ngolau'r ffenest oedd hi. Clustffonau ar ei chlustiau a sbectol rhimyn aur yn llithro i lawr ei thrwyn. Teipio prysur, pwrpasol. Dwi'n cofio eistedd felly pan oedd hyder newydd wedi fy nghyflyru; pan oedd ffordd allan o'r cynni ar orwelion fy myd. Bod yn fferyllydd – dyna oedd breuddwyd dy fam. Dyna oedd i fod.

Sut gyfleoedd gei di, fy mechan i? Mae'r ysgolion yn well o beth gythgam fan hyn ac mae hynny'n rhyw gysur... Gwranda arna' i. Gwranda arna' i fy mechan annwyl. Dwi'n mynd i roi fy holl amser, fy egni a fy mhob un dim i dy wthio yn dy flaen yn y byd didostur yma. Ac mi fydd gennym ni ein gilydd, yn bydd? Trwy ryferthwy pob ton, mi fydda' i yma i ti, yn barod i dy ddal.

* * *

Yn y llyfrgell ganolog, es i ar fy union i fy nghornel arferol. Fan hyn y bydda' i'n dysgu amdanat ti – am yr holl bethau rhyfeddol sy'n digwydd wrth i ti ddatblygu'n ddyddiol. Dwi'n darllen am yr hyn sydd eto i ddod, yn ogystal – y dyddiau cynnar a brofwn ein dwy, y problemau a godith, y geni... Fydd gen i neb arall wrth law i helpu. Mae'n hanfodol 'mod i'n cael fy arfogi.

* * *

Ar fy ffordd allan, mi welais i'r dyn o'r siop flaenorol – llond ei hafflau o fagiau siopa a golwg ychydig yn hapusach arno, erbyn hyn. Mi wnes i hofran am ennyd wrth yr hysbysfwrdd, fel y gwna i bob tro, am ryw reswm: gwnïo a chrefft i rieni a'u plant; sesiynau myfyrio di-dâl gyda Celine; lego i oedolion; ioga cadair i'r henoed; acupuncture ffrwythlondeb gyda Mayumi; stori a chân i blantos mân... Yna'r silff enfawr honno â'i llond hi o lyfrau clawr caled hardd – yn barod i'w bodio a'u mwynhau.

Dwi'n meddwl mai merch y llyfrgell fyddi dithau hefyd. Wneith llyfrau mo dy siomi.

* * *

Aethon ni i'r fynwent wedyn. Roedd y giât ar agor. Ynghanol yr hen feddau roedd angel yn gorwedd a'i gaddyrnau wedi torri. Wedi disgyn am yn ôl roedd hi, fel petai pwysau sefyll yn gefnsyth ac arolygu'r fynwent wedi mynd yn drech na hi. Yn fy meddwl, fwya' sydyn, ro'n i'n ôl yng nghefn y cerbyd tywyll yna, hefo ti, yn mentro ein bywydau dros ffiniau diarth. Ac mi feddyliais am ein cydymaith. Mi fydda' i'n aml yn meddwl amdani – Alaru â'i llygaid llawn dychryn. Sut oedd hi tybed? I ble'r aeth hi? Fedrwn i ddim ond gobeithio ei bod hi'n iawn.

Sylwais ar yr oedrannau ar y beddau, fel y gwna' i

bob tro. Ada Davies: 94, Sophia-Elizabeth Price: 5, Robin Elwyn James: 73... Wnaeth yr un o'r bobl oedd yn gorwedd yno fynd â'r un geiniog gyda nhw, yn naddo? Negeseuon didwyll wedi eu saernïo gan deulu ac anwyliaid. Blodau tlws yn addurno... Gerllaw, roedd eirlysiau cynnar wedi ymddangos yn gymanfa obeithiol. Uwch ein pennau, ar frigyn brau, roedd robin goch yn gwasgaru ei gân.

Dyma fi'n trio tawelu'r sŵn yn fy meddwl. Gadael i fy hun fwynhau synau natur, ymhell o ddwndwr y traffig a'i straffig. Mi wnes i drio gweddïo; yng nghanol natur y bydda' i'n teimlo agosaf at Dduw. Yno, wrth gyfrif petalau a gweld y patrymau, mi wela' i fod trefn y tu ôl i bob dim, wedi'r cwbwl. Sut arall y medra' i roi cyfrif am yr holl brydferthwch rhyfeddol sy'n brigo i'r wyneb, dim ond i mi stopio a sylwi? Ond, roedd fy meddyliau ar chwâl, a fedrwn i ddim ond meddwl am orfodaeth y daith fyddai o'n blaen ni eto fyth, i ymbil a gawn ni aros yn hwy.

Yna, fe ddaeth y glaw yn ddafnau breision a minnau'n rhynllyd yn fy nghôt denau. Aethon ni at borth yr eglwys i fochel, ond roedd yn rhaid i ni adael cyn i amser fynd yn drech na ni. Buan y byddai'r diwrnod yn bygwth tynnu i'w derfyn.

Ar ein ffordd trwy'r giât, mi welais i ddynes yn cofleidio hen goeden. Dyna hi'n estyn ei breichiau'n agored, ei boch yn pwyso'n ei herbyn a'i llygaid ynghau. Tybed ai gweddïo oedd hithau hefyd?

* * *

Dwi'n deffro gyda'r wawr, yn brawychu wrth feddwl am yr hyn sydd o fy mlaen.

Mae arna' i ofn. Y ffasiwn ofn sy'n bwyta fy nhu mewn... Clywed y ferch drws nesa' wnes i neithiwr. Yr un dawedog sydd wedi bod yn edrych dros ei hysgwyddau, druan fach. Taith arall oedd yn ei hwynebu. Y babi... Mi ddaeth yn gynnar. Yn llawer rhy gynnar.

Mi wnaethom i gyd geisio ein gorau i'w helpu hi, y gorau fedrem ni yn nhrymder y nos. Cynnal ei ffrâm fregus wrth ei symud i lawr y grisiau, ris wrth ris – hithau'n camu'n betrus, grynedig, ei choban denau'n glynu amdani. Heibio i'r waliau llaith yr aethon ni, â'i sgrechiadau hi'n llenwi'r lle.

Rydan ni'n dal heb glywed ganddi, ac mae'r gadair boeni yma, sy'n siglo, siglo, siglo o dana' i drwy'r amser bron â fy ngyrru i o 'ngho'.

Dwi'n ysu i'w ffonio, clywed eu lleisiau. Llais Nain, llais Mam, Roze annwyl... Mi fyddai Roze wedi bod yn fodryb mor dda i ti, dwi'n sicr o hynny; finna' heb ffarwelio â hi hyd yn oed... Ond fedrwn i ddim mentro unrhyw gyswllt. Ffoi oedd yr unig ffordd, a fy ngwerth fel merch wedi diflannu oherwydd dy fywyd gwerthfawr di.

* * *

Mae 'na ddotiau bach coch bron â llenwi gwyn fy llygaid. Dwi'n edrych fel drychiolaeth...

Lefelau haearn isel sydd i gyfrif, medd Dr Morgan. Peryglus o isel. Rhwng dy gario di a fy neiet gwael... Ond tydi bwyta'n iach a chael digon o gig ar blât ddim yn ddewis. Sut y byddai hyn yn effeithio arnat ti, gofynnais fel ergyd, yn teimlo'r trymder cyfarwydd yna'n pwyso y tu mewn i mi. Atebodd o ddim, dim ond gwenu'n dynn a llenwi ei bapur gwyrdd. Pecyn o dabledi bach brown ges i, fel pecyn fferins i gysuro.

Dwi mor wan a minnau'n ysu i fod yn gryf. Wyt ti'n ymwybodol o fy nhristwch, fy nghariad annwyl? Pan gyrhaeddi di'r byd, dwi am fod yn gaer gadarn i ti – yn darian. Ond tra dy fod ti'n rhan ohona' i, wna' i ddim dal y dagrau'n ôl.

* * *

I'r parc yr aethon ni y bore 'ma, ein dwy – roedd gobaith yn y gwynt; dyna adael hualau ein hystafell a dilyn yr haul. Er gerwinder y gaeaf, roedd sbecian yr haul trwy'r brigau noeth yn llawn addunedau.

Ar hyd y llwybr, roedd negeseuon lliwiau'r enfys o'n blaenau yn ein cymell ymlaen.

Rwyt ti'n ddigon.
Paid â rhoi'r gorau iddi.
Bydd pob dim yn iawn…

Minnau'n ceisio llonyddu fy meddwl wrth i mi gofio'r holl addunedau eraill glywais i, ddim mor bell â hynny yn ôl, wrth i ti gael dy genhedlu yn y dirgel.

* * *

Pan gyrhaeddon ni, fe ges i hen ysfa i deimlo'r ddaear a'i bridd o dana' i, fel y byddwn i a Roze yn arfer ei wneud yng ngardd y bore bach. Felly mi dynnais i fy esgidiau a gadael i'r gwair oglais gwadnau 'nhraed. Ro'n i'n teimlo fel merch fach unwaith eto.

Mae 'na ddigon o barciau i'w cael yn y Tir Diarth – fel yn yr Hen Fyd. Yr Hen Fyd â chysgod ei goed a chadernid ei dirlun mynyddig… Dwi'n ddiolchgar am hyn. Mae'n un fendith fach o leiaf. Dwi'n cyfrif pob un.

Pan gyfarfyddwn ni, awn ni law yn llaw i'r parciau hyn ar brynhawniau mwyn. Mi gawn ni ddawnsio law yn llaw o dan goed malws melys pinc. Awn ni ar ein gliniau wrth i mi dy gyflwyno di i'r creaduriaid bach a sibrwd cyfrinachau dilyffethair i'r tir.

Plentyn y gwanwyn fyddi di. Efallai mai dathlu dy benblwydd yng nghanol gŵyl hudolus y Nowruz *a'i ddeffroad gobeithiol fyddi di. Dwi'n cofio cyffro'r dathliadau fel petai'n ddoe; y wlad i gyd yn troi ei chefn ar oerni'r gaeaf wrth i ni gyd-ddathlu. Ein bwrdd yn drymlwythog o flodau, wyau a ffrwythau'r tymor a phawb yn eistedd fel teulu – pob un am y gorau yn chwilio am y geiniog goll ym mhei melys Nain.*

Efallai, un dydd, mi ga'i fynd â thi adref, ferch y gwanwyn. Fedra' i ddim addo hynny i ti, cofia.

BRECWASTA

MAE GWESTY FEL hwn fel rhyw fath o ail gartref iddi erbyn hyn, a hithau wedi hen arfer byw o fag. Braf fyddai gallu treulio mwy o'i hamser yn ei fflat yn y Bae, wrth gwrs, ond tydi natur y swydd ddim yn caniatáu hynny, yn anffodus.

Neithiwr, chysgodd hi fawr ddim unwaith eto ar ôl cytuno i yfed ambell jinsan yn ormod gyda'r criw. Cyn hynny, rodden nhw wedi swpera mewn bwyty bach Ffrengig ar argymhelliad *Trip Advisor*. Dewis bwrdd wrth ymyl y tân agored wnaeth y cyfarwyddwr, er mai un o'r tanau lectrig ffug yna oedd o, yn gwneud ei orau i edrych fel un go iawn. Yn ystod siarad siop y dynion am *shoot* y diwrnod hwnnw, roedd hi wedi cael ei swyno gan gynhesrwydd y fflamau bach oren. Wrth syllu, roedd hi'n ôl ar aelwyd ei phlentyndod, ei thad yn penlinio o'i blaen a stribedi o bapurau newydd y penwythnos yn fflamia yn ei law. Stôcs a sglods yn nofio mewn saim gafodd y dyn sain a'r dyn camera, a byrger dybyl decar "ylwch arna'-i" hefo'i gaws afiach a'i sos coch yn llifo o'i ochrau ddewisiodd y cyfarwyddwr. Salad cyw iâr gafodd hi – heb y ffrils.

Wrth i'r golau ymddangos, mae unffurfiaeth yr ystafell yn ei tharo gyda'i dodrefn pren cogio a'i ffenestri sy'n gwrthod agor. Oes syndod ei bod hi'n methu cysgu ar fatresi mor galed, o dan flancedi mor gythgam o denau? Ar y wal gyferbyn â'r gwely, mae 'na lun o flodyn orengoch yn nofio'n ddisynnwyr mewn awyr sy'n machlud yn binc. Mae diffyg undod y lliwiau'n troi arni.

Gwisga ei legins a'i hesgidiau ymarfer, fel y gwnaiff bob bore. Ond yna, mae'n cofio sylwadau'r dyn yn y jacŵsi gorlawn neithiwr, cyn iddi ymuno â'r criw am fwyd, "Oes 'na le i un bach arall?" Dyna ofynnodd o iddi, gan wasgu'n agos ati yn y swigod. Dim campfa iddi hi felly... Does ganddi chwaith fawr o awydd gwlychu yn y glaw gyda'i phen yn drybowndian fel hyn, felly i ffwrdd â hi i'r ystafell frecwast. Yn y lifft, mae 'na boster sy'n dangos platiad seimllyd o frecwast wedi ei ffrio. Uwchben y llun, mewn ysgrifen ddwbwl ymfflamychol, mae'r cyhoeddiad 'Mae'n Amser Bwyta fel Brenin!'

Wrth aros, i gyfeiliant cerddoriaeth bib o'r wythdegau, sylla arni ei hun yn nrych y lifft. Ydi'r legins organig newydd â'r patrwm neon, lliwgar yma'n ei siwtio? Tydi hi ddim yn siŵr. Mi fedrith lwyddo gydag ymdrech i wisgo'r rhan fwyaf o'i dillad, a hithau'n dal i wisgo dillad maint wyth. Doedd hi ddim yn arfer bod mor denau â hyn, ond mae rheoli ei phwysau wedi bod yn rhan o ddisgwyliadau'r swydd, rywsut – fel y bydd leisans gyrru i yrrwr tacsis.

Mae 'na dlysni'n perthyn i'w hwyneb, er nad ydi hi yn ei hugeiniau erbyn hyn. Ychydig o ddüwch o dan ei llygaid ar ôl noson hwyr arall, ond dim byd na fedr y *Touche Éclat Highlighter* ffyddlon ei sortio. O sylwi ar y gwreiddiau llwydfrown sy'n meiddio datgelu eu hunain, gwna nodyn yng nghalendr ei ffôn i fwcio apwyntiad gyda'i steilydd. Bydd angen iddi drefnu sesiwn gwynnu dannedd arall yn reit handi hefyd.

Ar ddrws y bwyty, mae arwydd 'Bwyty ynghau', er ei bod hi ymhell wedi chwech o'r gloch. A hithau wirioneddol angen *espresso* neu ddau, sudda i sedd ledr dreuliedig yn y dderbynfa a syllu'n ddisgwylgar ar y drysau clo.

Cofia am y tro cyntaf hwnnw iddi aros mewn gwesty yn rhinwedd ei swydd fel cyflwynydd teledu dyddiol. A hithau nemor un ar hugain ar y pryd, ac yn ddigon prin o brofiadau bywyd, roedd cael aros mewn gwesty, a hynny am ddim, yn brofiad amhcuthun. Llond plât o *hash browns* yn nofio mewn llyn o ffa pob gafodd hi yn y gwesty gwydrog hwnnw ar lannau Tafwys. Doedd dim hunan amheuaeth yn ei phlagio bryd hynny, a sylwodd hi ddim ar yr edrychiad bach cynnil dros y bwrdd rhwng y cynhyrchydd a'r cyfarwyddwr. Byddai'n rhaid addysgu hon, beryg iawn – ei mowldio i'w phriod siâp fel un fyddai'n cael ei gosod yn ddyddiol o flaen y camera-sydd-byth-yn-dweud-c'lwydda.

Y siopa wedyn... Unwaith eto, roedd cael llenwi bagiau â dillad y tymor, dan arweiniad arbenigol Sera, a hynny heb orfod talu puntan o'i phoced ei hun, yn rhywbeth na fyddai wedi dychmygu y gallai fod yn rhan o'r swydd-ddisgrifiad. Cofiai mor genfigennus ohoni roedd ei ffrindiau wrth iddyn nhw orfod slafio yn eu swyddi naw tan bump er mwyn medru talu eu dyledion wedi gadael y coleg. Prin y gwydden nhw am yr holl adegau hynny a wnâi iddi wrido o gofio'n ôl. Dyna'r sioeau ffasiwn unigol yna roedd gofyn iddi eu gwneud yn y swyddfa agored ar ôl pob trip siopa. A sawl gwaith glywodd hi'r ensyniadau ych-a-fi yna y tu ôl i'w chefn wrth iddi orfod paredio yn ôl ac ymlaen rhwng y desgiau? ''Swn i...' oedd hoff ddatganiad yr uwch gynhyrchydd â'i lygaid crwydrol pan fyddai'n gwisgo rhywbeth a ddatgelai mwy o'i chorff na'r arfer. Roedd o ymhell yn ei bumdegau mae'n siŵr. Neu beth am yr hymdingar o ffrae gafodd hi o flaen pawb am feiddio torri ei gwallt mewn steil gwahanol i'r arfer? Mae'n debyg i'r tîm cynhyrchu orfod trefnu cyfarfod brys oherwydd yr argyfwng hwnnw.

Ond, yr atgof a godai'r cywilydd mwyaf arni oedd y calendr y cytunodd hi i ymddangos ar ei glawr. Calendr â'i lond o actorion a chyflwynwyr eraill ifanc, yn noeth, fel hi. On'd oedd yr elw i gyd yn mynd i elusen glodwiw? Doedd gwrthod ddim yn ddewis i gyw bach newydd yn y diwydiant, ac fel y cafodd ei hatgoffa droeon, doedd dim prinder merched eraill, iau a delach, fyddai'n fodlon gwneud unrhyw beth i gamu i'w 'sgidia. Roedd y llun, flynyddoedd yn ddiweddarach, yn dal i stelcian ar hyd goridorau'r we wrth ymyl ei henw.

O'r diwedd, rhuthra dyn boliog, yn lifrai'r gegin, i agor drysau'r bwyty iddi. Ar ôl mwmian rhif ei hystafell, anela at y gornel bella gan fachu ei choffi du ar ei ffordd. O'i chwmpas, mae pob elfen frecwastaidd wedi eu gosod yn ddestlus yn eu basgedi priodol. Wrth ymyl y peiriant coffi, mae'r bagiau te a'r pecynnau siwgr yn rhes, a'r bocsys grawnfwyd, y *croissants,* y *muffins* a'r crempogau bach, yn glystyrau atyniadol. Ar bob un bwrdd, mae'r gwydrau a'r llestri, y sawsiau a'r syrfiéts i gyd yn barod yn eu lle. Yn dawel bach, mae'n dotio at y drefn.

Does neb arall yma gyda hi i werthfawrogi cywreinrwydd y lle, ar wahân i bâr blinedig a'u hogyn bach. Mae o'n chwerthin lond ei fol wrth gogio bwydo elyrch sy'n crafu eu pigau yn erbyn gwydr y ffenest. Yn stremp ar hyd ei fochau bach, mae staeniadau saws *Nutella*. Daw atgof iddi'n sydyn o'r boreau Sul hynny, ers talwm, pan fyddai ei rhieni'n cydgoginio crempogau tenau iddi hi a'i chwiorydd i gyfeiliant y radio. Dyna lle byddai'r pump yn gylch o gwmpas y bwrdd, pawb am y gorau yn cythru am grempog, un ar ôl y llall, a'r saws siocled melfedaidd yn felys, felys yn eu cegau.

Roedd y rhan fwyaf o'i ffrindiau wedi setlo a dechrau magu teulu erbyn hyn, tra mai rôl y ffrind sengl oedd ei hun hi. Hi oedd yr un heb wreiddiau; yr un fyddai'n gallu dod am sesh hefo'r genod yn ôl yng Nghaerdydd ar ei theithiau; yr un gyda'r swydd ddelfrydol; yr un oedd â'r modd i ddifetha'r plantos yn rhacs bob cyfle a gâi. Yn ystod eu hamser prin gyda'i gilydd, byddai ei ffrindiau'n aml yn ei hatgoffa mor lwcus oedd hi; mor uffernol o lwcus a rhydd, yn wahanol iddyn nhw yng nghewyll eu cyfrifoldebau.

Yn y pellter, mae cychod camlas Stratford fel slabiau o *Duplo* lliwgar yn codi i fyny ac i lawr yn y glaw smwc. Braf fyddai byw ar gamlas, meddylia, a mwynhau'r bywyd syml, hapus. Tydi hi ddim wedi bod ar gyfyl y dref hanesyddol yma ers dyddiau siomedig ei gradd, pan oedd â'i bryd ar yrfa fel actores. O ble daeth yr awydd i wisgo mwgwd, tybed? Dim ond actio hi ei hun mae hi erbyn hyn, ei phersona cyflwynydd wedi ei blastro'n blygeiniol ar ei hwyneb.

Mae'n taro cip ar amserlen y dydd ar ei ffôn. Ffilmio rhai o aelodau oedrannus rhyw gymdeithas egsentrig fyddan nhw'r peth cynta' heddiw, mae'n debyg. Yn ôl disgrifiad yr ymchwilydd, bydd y gwragedd yn gwisgo hetiau coch a dillad piws llachar mewn ymgais i heneiddio'n wirion. Dim ond gobeithio na fydd y cyfarwyddwr syth-o'r-coleg yna'n dweud wrthi i wneud hwyl am eu pennau, meddylia. Ddoe, bu'n ffilmio eitem am bâr oedd wedi penderfynu byw yn arddull y Tuduriaid – un bàth y mis, dim teledu, na thechnoleg o fath yn y byd, ac ati, ac ati. Tua diwedd yr eitem fyw, dyma'r cyfarwyddwr yn dweud wrthi yn ei theclyn clust i'w galw nhw'n bâr braidd yn od. Dyna ddaru hi, gyda gwên enillgar i'r camera byw, a difaru'n syth wedyn.

Cyn hynny, roedden nhw wedi ffilmio eitem arwynebol arall yn yr amgueddfa Duduraidd lle roedd gofyn iddi wneud darn i gamera'n gwisgo masg trwynfawr eiconig y Pla Du. Mi gafodd hi restr o gwestiynau'n ymwneud â thueddiadau bwyta'r Frenhines Elizabeth y Gyntaf, oedd â rhesi o ddannedd du, mae'n debyg, oherwydd ei gor hoffter o siwgr. Ar ddiwedd yr eitem, cafodd wŷs i droi i wynebu'r camera a datgan yn fuddugoliaethus i'r teyrn lwyddo i gadw ei ffigwr main tan ddiwedd ei hoes, er gwaethaf ei harferion bwyta gwael.

Erbyn hyn, mae'r bwyty heddychlon wedi ei drawsnewid, gyda chyplau, pobl fusnes a theuluoedd swnllyd yn ymladd eu ffordd at bryd cynta'r dydd.

"Sdim byd gwell na brecwast wedi ei goginio yn y bore, nac oes?"

Mae'r ddynes lydan y tu ôl i'r cownter yn chwerthin o'i hochr hi wrth lwytho plât dyn mewn siwt. Braidd yn dynn ydi crys y gegin am ei chanol a sylwa ar y clytiau o chwys o dan y ceseiliau. Ond mae hon, er prysurdeb ei gwaith, yn gwenu'n afieithus, ac mae'r band llydan sy'n dal ei gwallt yn ei le yn datgelu rhychau ei gwên.

"Mae'n blasu'n well nag mae e'n edrych!" ychwanega gyda winc, cyn sodro'r plât gorlawn yn nwylo'r dyn. "Joiwch!"

"Diolch," medd yntau. "Dwi ddim yn cwyno!"

Wrth iddi wylio o'i sedd, edrycha ar yr arlwy poeth sydd yn un rhes. Dychmyga'r elfennau gwahanol sy'n cadw'n gynnes o dan y caeadau tryloyw; yr wyau crynion yn dwmpathau meddal ar ben ei gilydd; y bacwn a'r selsig sgleiniog, y bara saim, y ffa pob llachar, y madarch, yr *hash browns* hallt a'r pwdin gwaed... Cwyd o'i chornel gan anelu at y bar bwyd. Estynna ei phlât gwag dros y cownter cyn datgan yn glir:

"'Chydig o bob dim, plîs."

"Dewis da," cytuna'r weinyddes, cyn codi'r caeadau, fesul un, a llwytho ei phlât i'r ymylon.

HELP LLAW

Tynnodd Zeynep y drws ar ei hôl cyn mynd â'r goriadau i'w cadw wrth ochr y tŷ. 1945 oedd y côd – nid y cyfuniad callaf o rifau, o ystyried ei fod yn ddyddiad mor adnabyddus. Roedd sawl côd arall wedi eu storio yn ffôn bach Zeynep, wrth gwrs, a hithau'n glanhau tai pobl eraill bob dydd. Synnai at ymddiriedaeth y bobl yma ynddi, ond os oedden nhw am weithio yn eu swyddi breision a chadw eu tai yn lân a thaclus, yna ymddiried eu goriadau i ddieithryn fel hi oedd eu hunig ddewis, mae'n siŵr. Peth bach digon del oedd y bocs dal goriadau gyda'i fwlyn bach addurnedig. Os rhywbeth, roedd o'n debycach i ryw flwch dal gemwaith drud yn hytrach na dyfais ymarferol i gadw goriadau. Roedd gan rai pobl fwy o arian nag o sens.

Daliodd Zeynep ei mop a'i bwced llawn hylif glanhau ag un llaw, a'r hwfer trwm yn y llall, cyn anelu am y car bach. Teimlodd ei bochau'n cynhesu wrth iddi gofio am y deilsen ddel a graciodd yn y tŷ gyferbyn pan ollyngodd yr hwfer yn ei blerwch ychydig wythnosau'n ôl. Roedd hi'n ddynes gref, ond yn ddiweddar roedd hi wedi dechrau teimlo ei bod yn arafu ychydig. Ddoe ddiwethaf, gofynnodd i Joana, yn y brif swyddfa, a fyddai'n bosib i un o'r merched iau ddod gyda hi o bryd i'w gilydd, ond 'Na' pendant gafodd hi'n ateb. Poenai Zeynep mai ei hacen ddiarth oedd i gyfrif am y pellter rhyngddi hi a'r glanhawyr eraill, ond byddai'n gwthio meddyliau felly naill ochr. Digon posib nad oedd y cwmni'n gweld yr angen i dalu am rywun i'w helpu a hithau wedi hen brofi ei gwerth fel glanhawraig mor debol.

Bodiodd blygiadau'r siec ym mhoced ei chôt wrth i'r hen deimladau chwerw ffrwtian y tu mewn iddi. Talu i'r cwmni glanhau yn hwylus yn ei gyfrif banc fyddai'r rhan fwyaf o'r cwsmeriaid, ond byddai ambell un, fel perchennog y tŷ diwethaf, yn ffafrio cysur cyfarwydd y llyfr siec. Pan basiodd Zeynep y taliad siec cyntaf ymlaen i Joana, roedd hi wedi synnu gweld y swm, a hithau heb sylweddoli'r fath ganran roedd y cwmni'n ei phocedu. Rhaid oedd plygu i'r drefn, debyg iawn.

Gosododd Zeynep y geriach glanhau'n ofalus yng nghist y car cyn suddo i'w sedd. Roedd hi ar ei chythlwng. Gafodd hi frecwast cyn cychwyn, tybed? Naddo chwaith, dim ond mygiad cyflym o goffi ar ei ffordd draw i'r tŷ cyntaf. Efallai y câi hi gyfle i sglaffio paced o greision yn reit handi cyn mynd i'r tŷ nesaf.

Agorodd y paced gan wasgu botwm y radio a chlywed rhyw ddyn blin yn cwyno am gyflwr y Gwasanaeth Iechyd. Y tu allan, roedd merch fach â sgarff am ei phen yn cerdded law yn llaw â hen fenyw gwallt coch, a'r tu ôl iddynt, roedd bachgen, yn gwisgo sliperi am ei draed, yn mynd â chwningen am dro. Roedd y gwningen yn sownd wrth dennyn sgleiniog, a sylwodd Zeynep fod gwallt y bachgen wedi ei liwio'n wyn, fel ffwr ei anifail. Gallai daeru iddo fod â thatŵ digon anaddas ar ei wddw hefyd... Lle digon rhyfedd oedd y wlad hon, meddyliodd.

O leiaf, roedd y wlad yma'n talu, er na châi arian mawr. Dyna pam y daeth hi draw yma, wedi'r cyfan, gan adael ei theulu a'i ffrindiau bore oes a phob dim arall cyfarwydd ar ei hôl. Mor unig fu'r misoedd cyntaf hynny yn ei byd newydd, a chymaint o'i hegni a gâi ei lyncu wrth iddi geisio amsugno'r holl elfennau diarth, a'r rheini fel pe baen nhw'n ymosod ar ei holl synhwyrau. O nunlle, daeth pwl drosti wrth iddi feddwl am adref. Cliciodd yn reddfol ar rif ffôn Rita, gan wasgu'r clustffonau i'w lle, cyn tanio'r injan. Roedd clywed ei llais bob tro'n donig.

Ar ei ffordd i ddarlith roedd hi (ei Rita fach yn adran y Gyfraith!). Mor braf oedd gallu parablu yn Hwngareg a theimlo llais cyfarwydd ei merch yn llifo'n gynnes drosti. Oedd, yr oedd yna reswm pam ei bod hi'n gweithio mor gythgam o galed, cysurodd Zeynep ei hun. Bod yn fam gyfrifol roedd hi, yn ymdrechu bob sut i dalu ffioedd ei phlant. Ymhen dwy flynedd, byddai cyw bach y nyth yn graddio yn ei gŵn du crand fel y gwnaeth Kriszta, ei chwaer, y llynedd. Ar ddydd y seremoni, ymfalchïai Zeynep yn llwyddiant ei merch hynaf fel na fu'r ffasiwn beth. Fe gymerodd fisoedd lawer iddi gynilo digon ar gyfer y daith draw i Budapest, ond bu'n werth pob awr o sgwrio. Byddai'n aml yn edrych ar y llun o'r dydd digwmwl hwnnw ar sgrin ei ffôn – hithau'n fam browd yn sefyll rhwng ei merched, yn edrych mor ofnadwy o hapus. Hwn oedd y llun fyddai'n rhoi'r tân yn ei bol ar y boreau llwydion a llesg hynny pan na fedrai ond prin wynebu diwrnod hir arall o lanhau.

Daeth y sgwrsio i ben wrth i Zeynep droi trwyn y car i stryd ei chwsmer nesaf, gyda'i rhes gymesur o goed bob ochr iddi. Ar hyd y lôn, roedd y dail yn slwj. Uwch ei phen, wrth iddi barcio, roedd deilen yn gollwng ei gafael ar frigyn, gan lanio'n ara' deg ar slab o balmant. Peth fel hyn oedd bywyd, mae'n siŵr, meddyliodd Zeynep, gan deimlo'r gwacter y tu mewn iddi. Rhyw ollwng roedd rhaid trwy gydol gwyntoedd bywyd.

Yn nhraddodiad y gornel yma o'r ddinas, ar yr adeg hon o'r flwyddyn, roedd goleuadau Nadolig cynnil yn amgylchynu y tu blaen i'r tai, gan gynnwys cartref Annest Llywelyn. Ar ei dreif, roedd y sgip fawr felen. Byddai wedi ei sodro yno'n lled aml, fel petai'r perchnogion mewn stad gyson o waredu stwff o'u bywydau. Cofia Zeynep y bore hwnnw y daeth yno i lanhau pan welodd hi'r bwrdd gwydr tlws yna'n chwalu'n deilchion o flaen ei llygaid. Mi fuo hi bron iawn â chrio wrth ei weld yn diflannu i grombil y sgip. Petai hi wedi llyncu ei balchder, byddai wedi gofyn, mewn da bryd, am gael ei gadw, ond doedd Zeynep ddim yn un i fynd ar ofyn neb.

Gyferbyn â'r sgip, roedd yr *Audi*, felly canodd Zeynep y gloch. Crogai torch chwaethus o gelyn ac aeron tymhorol ar y drws. Siarad ar ei ffôn roedd Annest pan ddaeth i'r golwg, yn y Gymraeg mae'n siŵr, dyfalodd Zeynep, gan gofio sut yr eglurodd iddi unwaith mai dyna oedd ei hiaith gyntaf. Doedd Zeynep ddim wedi deall cyn hynny fod iaith leiafrifol yn cael ei siarad yma, a chofiodd deimlo rhyw gynhesrwydd tuag at Annest pan rannodd â hi nad Saesneg oedd iaith ei chalon. Roedd gan y ddwy un peth yn gyffredin o leiaf.

Chwifiodd Annest ei breichiau ar ei glanhawrwaig i'w hannog i ddod i mewn ac i ddechrau arni, gan siarad yr un pryd â phwy bynnag oedd ar ochr arall y ffôn. Rhaid ei bod hi adre'n gweithio heddiw, meddyliodd Zeynep, gan gamu heibio i'r pentyrrau o fagiau ailgylchu bob ochr iddi. Byddai bagiau llawn dillad a geriach o bob math wedi eu gadael yng ngheg ei drws ffrynt yn gyson, yn barod i gael eu cynnig i ryw siop elsuen neu'i gilydd. Mewn siopau felly y byddai Zeynep yn prynu ei dillad ei hun.

Wrth dynnu ei chôt, daeth atgof i Zeynep o'i chartref ers talwm, pan oedd y merched yn fach. Bryd hynny, byddai'r llecyn wrth ymyl eu drws ffrynt yn orlawn o esgidiau bach, fyddai wedi eu pentyrru driphlith draphlith ar ben ei gilydd – esgidiau o bob math; rhai ysgol, rhai gorau, rhai dringo, rhai dawnsio – pob un â'i swyddogaeth wahanol. Ar y pryd, ysai Zeynep am i'r gofod fod yn glir o'r holl 'nialwch. Heddiw, byddai'n rhoi'r byd am gael y dyddiau hynny'n ôl.

Doedd Annest ddim mor drwsiadus â'r arfer heddiw, sylwodd Zeynep, wrth ei gweld yn rhedeg ei bysedd trwy gudynnau ei gwallt pan amneidiodd arni i fynd i fyny i'r llofft. Wrth edrych i lawr arni o'r grisiau, gallai weld yr arlliw brith yng ngwreiddiau ei gwallt.

Dechrau'r glanhau ar y llawr uchaf y byddai Zeynep bob tro – gweithio o'r top i'r gwaelod yn systematig, o'r naill ystafell i'r llall. Ystafell sbâr oedd swyddogaeth yr atig ers i Annest a'i gŵr drefnu estyniad y llynedd – yn hollol ddiangen, ym marn Zeynep. Perthynai Zeynep i deulu mawr ac roedd ganddi gof plentyn o'i thad, oedd yn adeiladwr, yn creu estyniad i'w tŷ gyda help llaw llond dwrn o ffrindiau – clamp o atig eang a'i llond o olau melyn ganol p'nawn. Mi fyddai'r Annest yma wedi bod yn reit genfigennus o groglofft ei phlentyndod, meddyliodd Zeynep, gan gofio sŵn y glaw cysurlon yn drybowndian ar y ffenestri wrth iddi swatio o dan y trawstiau.

Help Llaw

Rhoddodd ddechrau ar *en suite* yr ystafell sbâr, gan gymryd y gofal mwyaf wrth sgwrio enamel y bàth. Y llynedd, roedd 'na ferch ifanc o'r enw Leanne, doedd hi fawr hŷn na Kriszta, yn gweithio i'r cwmni. Cafodd y ferch druan ei chardiau ar ôl iddi farcio'r union fâth hwn. Mam sengl i efeilliaid ifanc oedd hi. Tybed oedd hi wedi llwyddo i ddod o hyd i waith arall wedyn?

Aeth yn ei blaen i ystafell y merched. Gwlâu bync chwaethus oedd gan y ddwy, a'r un uchaf yn gofyn am dipyn o fôn braich wrth iddi orfod ymestyn i newid y cynfasau. Yn crogi ar y wal, roedd dwy ffrog sgleiniog newydd a'u llond o sicwins mân. Cymerodd Zeynep gip bach ar label un gan ddal ei gwynt wrth weld y pris. Ddaw dim da o ddifetha plant, meddyliodd, wrth roi trefn ar weddill eu dillad oedd ar lawr. Beth oedd oed yr Annest yma pan ddechreuodd fagu plant, tybed? Deugain oedd yr ugain newydd yn y wlad yma. Synnai hi ddim petai hi'n reit agos at ei hoed hi, ond roedd ganddi hi'r triciau i gyd i fedru celu'r gwir wrth gwrs.

Ar y carped meddal dan draed, roedd doliau bach pren Rwsiaidd yn bygwth cael eu malu'n rhacs. Wrth osod pob dol yn ofalus y tu mewn i'r ddol nesaf, meddyliodd Zeynep ai peth felly, tybed, oedd heneiddio? Yr orfodaeth o fynd yn llai ac yn llai, cyn crebachu'n ddim byd, bron â bod. Cofiai ei merched yn swatio y tu mewn iddi, yn tyfu yn y dirgel, yr holl flynyddoedd hynny'n ôl; y ciciau bach annwyl y byddai hi'n eu teimlo ar yr adegau mwyaf annisgwyl.

Ar ei gliniau'n sgwrio powlen y tŷ bach yn y brif ystafell ymolchi oedd hi pan 'sgubodd Annest i mewn. Anwybyddodd ei glanhawraig wrth ddal ati â'i sgwrs ffôn a pharcio ei hun ger y sinc, o flaen y drych crwn a oleuai'n gynnes, wrth gyffwrdd â'r gwydr yn ysgafn â blaen bys.

Astudiodd ei hwyneb yn y drych cyn ymroi i'r dasg o'i addurno. O'i blaen, safai rhesi o golur a hufennau, eu capiau bach arian yn sgleinio. Nododd Zeynep mai minlliw coch oedd ei dewis heddiw, lliw ychydig yn ormodol i'r diwrnod yn ei thyb hi. Dychmygodd ryw ddyn ifanc mewn siwt yn cymryd ei ffansi ati yn ei swyddfa. Oedd hon yn cael affêr, tybed? Ryw *highflyer* oedd ei gŵr hefyd, a fawr o berthynas rhwng y ddau, dyfalai Zeynep. Dim ond unwaith y croesodd lwybrau â'r dyn, ac mi fedrai ddweud yn syth ei fod o'r teip fyddai'n tynnu'r fodrwy briodasol ar ei dripiau oddi cartref i westai a'u *spas* crand. Rhyngddyn nhw a'u petha.

Gorffennodd Zeynep y dasg o sbriwsio'r tŷ bach trwy blygu corneli'r rholyn papur. Manylyn a wnâi ym mhob ystafell ymolchi a lanheuai oedd hyn, fel arwydd bach o'i hymroddiad i'w gwaith. Roedd manylion yn bwysig. Wrth godi o'r llawr teilsiog, teimlai ei chymalau'n cyffio, fel yr oedden nhw'n tueddu i wneud yn ddiweddar. Ychydig fisoedd yn ôl, ar anogaeth Kriszta, roedd hi wedi cymryd bore cyfan i ffwrdd o'i gwaith i fynd i'r feddygfa. Ar ôl aros am dros awr, mi gafodd hi'r newyddion yn ddigon ffwr-bwt gan Dr Morgan – dyn swrth ag arogl drwg ar ei anadl – mai wynebu'r Newid fymryn yn gynt na'r arfer roedd hi. Suddodd ei chalon pan glywodd ei eiriau, a hithau mor ddibynnol ar waith corfforol i ennill ei bara menyn. Yn sydyn, gwnâi berffaith synnwyr, gan ei bod wedi mynd i deimlo mor bryderus am y nesaf peth i ddim yn ddiweddar. Yn ôl Kriszta, ail wanwyn oedd disgrifiad y Tseiniaid am y cyflwr. Teimlai'n debycach i ganol gaeaf iddi hi.

Presgripsiwn am hufen llawn hormonau gafodd hi bryd hynny, ond doedd o'n gwneud affliw o wahaniaeth i'r poenau a fyddai'n ei phlagio ddydd ar ôl dydd. Erbyn hyn, byddai hi'n llyncu hormonau ar ffurf tabledi bach i liniaru'r boen, ond byddai'n aml yn anghofio eu cymryd yng nghanol prysurdeb ei gwaith. Y chwysu affwysol ganol nos oedd yn ei phoeni fwyaf, a hithau angen ei chwsg yn fwy na dim. Y gwir amdani oedd mai tasg i'r to ifanc oedd y glanhau yma. On'd oedd merched ifanc, llawn egni, yn ymuno â'r tîm rownd y rîl? Beth oedd enw'r un fach annwyl, a braidd yn dawedog ddechreuodd yn ddiweddar? Gwên swil ganddi – llif o wallt tywyll... Alara! Dyna fo. Fyddai gan Zeynep fyth eto egni'r merched iau, fel hi.

Wrth i Annest amlinellu ei gwefusau â llinell sicr, cododd goslef ei llais wrth iddi ebychu ar ryw wybodaeth oedd wedi ei ddatgelu iddi ar ben arall y ffôn cyn iddi ddiffodd yr alwad yn swta.

"O helô, chdi!" harthodd yn Saesneg ar ei glanhawraig, gan dynnu'r teclyn o'i chlust, fel petai hi heb sylwi arni tan y foment honno. Debyg iawn nad oedd hon yn gwybod ei henw, meddyliodd Zeynep. Doedd yr un ohonyn nhw'n gwybod ei henw, a doedd y gair diolch ddim yn eu geirfa.

"Cyfreithwyr!" ebychodd Annest, gan rowlio ei llygaid yn ddramatig wrth nodi'r manylion gorffenedig ar gynfas ei hwyneb.

"Y fflat o'ddan ni am ei brynu yn Sir Benfro, mae o 'di disgyn trwodd. Alli di goelio?! Dwi'n deud wrthat ti, mae'r fflat 'na'n *jinxed* a 'di'r cyfreithiwr ceiniog a dima 'na ddim ffit!"

Gosododd Zeynep ei thaclau glanhau yn ôl yn y bwced gan rwbio ei chlun. Dychmygai ei hun yng ngwely cyfyng ei fflat ar rent y noson honno, wrth nodio'n ddof ar Annest a gwasgu heibio iddi'n ofalus. Wrth basio, cafodd gip arni ei hun yn y drych – ei gwallt yn gwlwm blêr ar dop ei phen a'i bochau'n wemfflam. Dau dŷ arall a'r cartref gofal ar ôl gorffen fan hyn, Zeynep fach, cysurodd ei hun, wrth halio'r gêr i lawr y grisiau.

Suddodd ei chalon pan gamodd i'r gegin. Roedd hi'n fleriach na'r arfer yno a'r llestri brecwast, a llestri neithiwr hefyd, yn ôl eu golwg, wedi eu gadael yn bentwr budr, yn barod iddi hi eu taclo. Roedd y peiriant golchi llestri eisoes wedi ei lenwi, felly byddai gofyn iddi olchi'r rhain â llaw.

Wrth y drws ffrynt y daeth y dagrau. Dod yn annisgwyl wnaethon nhw, fel y byddan nhw bob tro, ond doedd dim stop wedi iddyn nhw ddechrau. Yr atgof yna o esgidiau bach y genod oedd i gyfrif, mae'n siŵr, meddyliodd Zeynep, gan wisgo ei chôt drwy ddefnyddio'i llaw rydd grynedig. Sylwodd hi ddim ar Annest yn y cyntedd y tu ôl iddi.

"Ma'n well imi fynd i gadw golwg arnyn nhw yn y swyddfa, dwi'n meddwl," eglurodd hithau'n frysiog, gan estyn am ei bag a'i chôt ledr. "C'warfod pwysig bora' fory. Ma' nhw ar goll braidd hebdda i! W't ti'm yn meindio rhoi mop bach i'r *porch* cyn iti fynd, nag w't?"

Wrth fachu goriadau'r car o'r drôr, edrychodd Annest ar ei glanhawraig yn estyn yn araf am goes ei mop, fel petai hi'n sylwi am y tro cyntaf ar y tywyllwch o dan ei llygaid. Llygaid, coch, dolurus.

"Ti'n iawn?" mentrodd holi. "Ti i weld... Ti i weld wedi blino."

Fedrai Zeynep ddim ateb, dim ond gorfodi gwên dila

—99—

wrth ddal ati i fopio'r llawr. Ceisiai ddyfalu pa ddillad smart roedd hi wedi eu taflu yn y bagiau ailgylchu o gwmpas ei thraed. Gallai weld trwy blastig tenau'r bag bod y label yn dal ar ambell eitem.

Ar ôl gorffen y dasg, plygodd ar ei chwrcwd i wisgo'i hesgidiau ymarferol. Gallai deimlo llygaid Annest yn llosgi twll yn ei chefn. Roedd hi am ei gwadnu hi – ei gwadnu hi o'r tŷ dol dilychwin yma gynted ag y medrai. Cyn mynd, gallai glywed llais Joana yn ei phen yn ei hatgoffa am bolisi iechyd a diogelwch y cwmni. "Y llawr…" amneidiodd at y gwlypter oedd dan draed. "Mi fydd o'n wlyb… Gwell cymryd gofal."

Nodiodd Annest.

"Dwed wrtha i Zeynep…"

Rhewodd wrth glywed ei henw.

"Be 'di 'diolch' yn dy iaith di?"

"*Köszönöm*," sibrydodd ei hateb, gan feddwl mor ddiarth oedd cynhesrwydd cyfarwydd y gair yn ei gyd-destun diarth.

"Wel… *Köszönöm* Zeynep," cyhoeddodd Annest yn frwd. "*Köszönöm*, wir!" Ti'n g'neud gwyrthia yn y tŷ 'ma. Fyswn i ar goll hebdda chdi."

Cododd Zeynep ar ei thraed a throi i'w hwynebu. Gwenodd y ddwy ar ei gilydd cyn cofleidio'n dynn dros y trothwy.

GOFAL

Camodd Keith dros sypyn o lilïau llipa mewn bag tryloyw gan wthio drws *Sunshine Care Home* yn agored. Caeodd y drws yn awtomatig y tu ôl iddo cyn cloi. Yr un hen aroglau surfelys oedd yna eto heddiw. Doedd gan Keith ddim syniad beth oedd y cyfuniad annymunol yma o arogleuon a fyddai'n ymosod ar ei synhwyrau'n wythnosol, ond felly roedd hi.

Teimlai'r waliau fel petaen nhw'n bygwth cau amdano wrth iddo drio cofio sut i agor yr ail ddrws o'i flaen. Roedd hi fel y *Crystal Maze* yma. Pwysodd y gloch gan syllu ar y geiriau 'Cartref Gofal Ardderchog' ar boster yn gyfochrog â'r sticer Sgôr Hylendid Bwyd (3 allan o 5). Trwy'r gwydr, gallai glywed ffôn y cartref yn canu a chanu.

Dychmygai Keith ei hun yn preswylio mewn adeilad o'r fath yn ei ddyfodol annelwig. Byddai'n aml yn hel meddyliau fel hyn pan fyddai'n sefyllian yn y bocs gwydrog hwn rhwng y cartref a'r stryd, fel petai mewn rhyw fath o burdan rhwng ei fywyd ei hun a bywyd ei fam.

O nunlle, daeth atgof plentyn iddo o ganu gyda phlant ei ddosbarth mewn cartref gofal o'r fath. Am wythnosau, roedden nhw wedi ymdrechu i ddysgu'r alawon, ond dim ond rhythu'n ddiddeall ar y plant wnâi'r hen bobl. Roedd Keith wedi casáu pob eiliad.

O'i flaen, roedd datganiad y cartref wedi ei nodi'n glir mewn ffrâm blastig:

Rydym yn:

PARCHU unigolion gan drin pawb ag urddas.

MEITHRIN meddwl, corff ac enaid.

YSBRYDOLI ein gilydd i roi o'n gorau.

Oddi tano, roedd llu o ddyfyniadau yn canmol yn afieithus wasanaeth y cartref. Honnai rhywun ei bod hi'n gallu cysgu'r nos erbyn hyn a hithau'n gwybod fod ei thad bregus yn derbyn y mwythau gorau posib gan y staff gofalus. Roedd dyfyniadau gan rai o breswylwyr y cartref yno hefyd. "Mae dod yma i'r cartref wedi gwneud y fath wahaniaeth i mi," meddai un oedd yn dioddef o dementia. "Mae'r staff mor hyfryd a chyfeillgar. Mi alla' i chwerthin yn braf efo nhw a chael cymaint o hwyl."

Gwasgodd Keith y gloch am y pumed tro. Roedd staff y lle 'ma'n deneuach na brechdanau te c'nebrwng. Yr ochr arall i'r gwydr, roedd glanhawraig yn halio hwfer ar ei hôl, golwg wedi ymlâdd arni, ei bochau'n wenfflam. Yn y pen draw, gallai weld merch ifanc yn 'sgubo ar hyd y coridor tuag ato. Gwisgai lifrai swyddogol y cartref, â'i bib glas a'r esgidiau plastig du yn datgan ei rôl. Rŵan, roedd hi'n amneidio arno trwy'r gwydr gan bwyntio at y wal gyferbyn â'r drws. Ar ddarn o bapur â border blodeuog, dyna lle roedd côd y drws wedi ei nodi'n glir, a Keith wedi anghofio'r drefn eto fyth. Ai'r cyflwr *Alzheimer's* ddiawl yna oedd yn ei fygwth yntau hefyd, tybed? Yn ei oedran o, roedd gofyn paratoi am unrhyw syrpréis.

Yn ôl ei harfer, wrth droed y grisiau, roedd y Frenhines Elizabeth yr Ail, mewn llun enfawr ar gardfwrdd, yn barod i'w groesawu. Edrychodd Keith arni gan ystyried mor rhyfedd oedd y ffaith nad oedd hi'n teyrnasu bellach – ac eto, doedd dim byd yn barhaol yn yr hen fyd yma, yn nag oedd? Gwenodd Keith yn ôl arni gan edmygu ei gwisg drwsiadus, las golau a'i hosgo hunanfeddiannol. Ew, roedd hi wedi bod yn ddynes mor smart ar hyd ei bywyd a hynny tan y diwedd un. Ystyriodd Keith mor braf fyddai cael talp o'i harian i leddfu pryderon bywyd. Sut fath o bethau fyddai'n cadw Ei Mawrhydi'n effro'r nos, tybed? Yn ddi-os roedd hi wedi gorfod dioddef cur pen yn aml oherwydd ei theulu ar hyd troeon yr yrfa. Na, doedd yr un teulu'n hynci dori.

Dringodd Keith y grisiau gan geisio anwybyddu'r garol Jameicaidd oedd yn crochlefain o gyfeiriad yr ystafell gymunedol. Ar hyd y waliau, roedd lluniau'r preswylwyr, a hwythau'n cymryd rhan mewn amrywiol weithgareddau yn y cartref. Mewn ambell lun, roedd yr hen bobl i'w gweld yn rhyw fath o ddawnsio, tra roedden nhw mewn lluniau eraill yn chwarae bingo neu gemau bwrdd. Doedd ei fam ddim yn bresennol yn yr un ohonyn nhw.

Ymlwybrodd Keith yn ei flaen ar hyd y coridorau i gyfeiliant synau blip-blipian a sgrech undonog ffôn. Yn ôl yr arfer, roedd drysau cymdogion ei fam yn agored led y pen, yn unol â pholisi drysau agored y cartref. Y tu ôl i ddrws 93, rhythai hen wreigan ar ddau ifanc yn gweiddi ar ei gilydd ar y teledu bach. Gallai Keith weld arlliw o wên hunangyfiawn ar wep y cyflwynydd yn y siot agos. Yn yr ystafell drws nesaf, lledorweddai dyn blonegog fel babi yn ei grud, ei geg yn fedd agored wrth i ddyn danheddog ar sianel siopa geisio ei ddarbwyllo i brynu llif drydan fel anrheg Nadolig.

Teimlodd Keith ias ddirybudd, wrth i ddelwedd ohono'i hun yn y dyfodol lithro i flaen sgrin ei feddwl. Yn y llun, fel rhyw fath o ragwelediad creulon, gallai weld ei hun yn gorwedd yn ddiurddas ar fatres clinigol, fel y dyn yma'n ymdrechu i slyrpian ei baned oer.

O flaen drws ei fam, anadlodd Keith yn ddwfn, i mewn ac allan, bum gwaith. Techneg oedd hon a ddysgodd o wrth ddilyn cwrs myfyrio i bobl dros eu chwe deg oed. Er iddo fod fymryn yn amheus i ddechrau, roedd technegau Celine yn y llyfrgell ganolog wedi profi i fod yn rhai digon defnyddiol, yn enwedig yr un syml yma pan deimlai ei galon yn dyrnu.

"Helô Mami…"

Gorweddai ei fam ar ei gwely uchel, ei hysgwyddau esgyrnog wedi crymu a'i llygaid ynghau. Gallai Keith weld symudiadau ysgafn ei hanadl yn esgyn a disgyn o dan ei choban denau. Ar y teledu bach, roedd cyflwynwraig goesog yn prancio o gwmpas â microffon yn ei llaw a mwgwd eiconig y Pla Du'n cuddio ei hwyneb. Ar yr hambwrdd bychan, roedd llond powlen o uwd a hwnnw prin wedi ei gyffwrdd. Wrth ei ymyl, roedd ffotograff mewn ffrâm o'i fam yn ei chadair olwyn yng nghwmni dyn trwsiadus. Cofiai Keith yr achlysur yn dda – y trip heulog i ŵyl flodau'r fro a gawsai'r tri, ddwy flynedd yn ôl bellach, pan ymwelodd David, ei frawd bach, â nhw ddiwethaf. Gwenai ei fam yn llydan ar y lens. Cafodd fodd i fyw y diwrnod hwnnw.

Safodd Keith wrth erchwyn y gwely gan ddal ei afael yn y bariau metel, fel petai ar fin mynd ar reid mewn ffair. Fu ei fam erioed yn un am gofleidio. Tawelodd sain y teledu, cyn symud y bagiau *Tena Lady* er mwyn gwneud lle iddo'i hun ar y gadair olwyn.

"Sut maen nhw'n ych trin chi'r wythnos yma ta, Mami?"

Doedd waeth iddo siarad â'r wal ddim. Doedd dim

arwyddion gweledol, amlwg, o strôc ei fam wedi bod – dim braich drom, neu foch yn gollwng, na dim byd felly, ond cofiai Keith i'w fam gwyno ei bod yn dioddef cur yn ei phen ers wythnosau. Pan anghofiodd hi sut i wisgo ffrog, ffoniodd Keith y feddygfa'n syth. Wedi iddyn nhw gyrraedd, gofynnwyd i'w fam osod un llaw dros y llaw arall, ond roedd hi'n methu'n lân â gwneud hynny. Dyna ni, felly. Roedd diagnosis y doctor yn ffaith ddu a gwyn ar sgrin ei gyfrifiadur. Yn fuan wedyn, wrth gwrs, daeth y dementia i guro ar y drws a bu'n rhaid i Keith ddysgu o'r newydd am gyflwr arall a blagiai ei fam.

Yn ôl yr arfer, roedd ei gwallt gwinau wedi ei glymu rywsut rywsut ar dop ei phen â rhyw fand rhychiog. Cofiodd Keith sut y byddai ei dad yn arfer brwsio ei chudynnau hir bob gyda'r nos ers talwm, cyn iddyn nhw noswylio. Roedd hynny cyn iddo fynd yn sâl wrth gwrs. Sylwodd fod y goban flodeuog a brynodd i'w fam ar ei phen-blwydd wedi llithro bob sut dros ei hysgwyddau. Tybed pryd y cafodd ei hymolchi ddiwethaf?

Fel petai'n darllen ei feddwl, rhuthrodd un o weithwyr y cartref i mewn trwy'r drws agored. Un o'r rhai ffyslyd, hŷn oedd hon, a fyddai wastad yn barod i suo'n gacynen swnllyd i'r celloedd cul. Ar ei bathodyn, roedd yr enw Meryl wedi ei nodi wrth ymyl arwyddlun y cartref, sef amlinelliad o dŷ, haul crwn y tu ôl iddo, a chalon yn ei ganol. Gwisgai het Nadoligaidd gyda chloch fach yn siglo ar ei brig. Yn fwyaf sydyn, roedd Keith yn boenus o ymwybodol o'i phresenoldeb. Gyda phob symudiad a wnâi, canai'r gloch fechan ar ei phen.

"*Siân* Corn sy 'ma, Madam!" meddai Meryl mewn llais uchel, gan bwyso'r bwtwm yn ddirybudd ger gwely ei fam i'w chodi ar ei heistedd yn gyflym. "Sa'n well i ni sortio chi allan yn handi, dwi'n meddwl, ia – cyn i chi 'neud sioe o'ch hun o flaen pawb yn y lle 'ma!"

Gog, fel ei fam ac yntau, oedd hon.

Aeth ati i glirio'r llestri brecwast wrth i'r gloch fach ar ei phen dincial yn wyneb ei fam. "A phwy sy 'di bod yn *naughty girl* eto heddiw? Bwyta brecwast ydach chi fod neud 'de – ddim sbio arna fo, Pat fach!"

Winciodd Meryl ar Keith yn anghynnil cyn sodro cyrn blewog carw ar ben ei fam. Teimlodd ei fochau'n poethi. Roedd yn gas gan ei fam glywed ei henw'n cael ei dalfyrru fel yna. Gallai weld ei migwrn cignoeth, briwedig yn dod i'r golwg wrth i'r ofalwraig dacluso'r goban a'r cynfasau. Gwrthodai'r goes fendio, ers codwm ei fam wrth iddi dywallt paned hwyrol iddi hi ei hun yn ei chegin fach y llynedd. Dylsai Keith fod wedi gweld yr arwyddion ynghynt.

Trodd ei sylw at gyflwynwraig y sgrin ddi-sain. Erbyn hyn, roedd y beth fach denau'n mân siarad yn frwd gyda'r ddau ar y soffa yn y stiwdio, ac wedi tynnu'r mwgwd gan ddatgelu wyneb del, gwenog, heb boen yn y byd yn perthyn iddi.

"Amsar tabledi rŵan, Pat. A dim cwyno, iawn, neu fydd Siôn Corn ddim yn dod i fisutio Dolig 'ma, ocê del? Nawn ni'r *dressing* i'r goes 'na nes 'mlaen. Fydd cinio ddim yn hir, rŵan. *Mac cheese* a *sticky toffee* heddiw, ylwch – ella fydd 'na *mince pie* efo te pnawn'ma hefyd – trît dydd Gwener i chi. W, 'da ni'n ych sbwylio chi, tydan!"

Estynnodd ei siart i nodi tic pendant yn y blwch, cyn hwrjo carton o stwff pinc llachar yng ngheg ei fam. Thrafferthodd hi ddim i sychu'r dafnau oedd yn diferu fymryn ar hyd ochr ei gên.

Pwysodd Keith yn ei flaen yn y gadair olwyn gan rythu ar y geriach o'i gwmpas. Roedd 'na gymaint i'w dacluso yma a dim lle i droi. Pam nad oedd yna'r un silff ar y waliau? Roedd o'n boenus o ymwybodol o'r holl waith clirio fyddai o'i flaen o fel ysgutor. Fo, yn hytrach na'r staff, fyddai â'r cyfrifoldeb o gael trefn ar y lle, mae'n debyg. Wnâi hyn fawr o synnwyr i Keith, o ystyried y crocbris roedd y cartre'n ei godi am eu gwasanaeth, ond roedd digonedd o gartrefi eraill yn y ddinas oedd yn codi ffi frasach fyth. Fo fyddai'n gorfod dygnu arni a didoli holl gynnwys tŷ ei fam hefyd, maes o law, wrth gwrs. Roedd fan'no yn prysur fynd â'i ben iddo.

Dyfrhau'r potiau blodau wnâi o'n gyntaf,

penderfynodd, unwaith yr âi'r Meryl yma oddi yno. Hoffai feddwl y byddai ei fam yn diolch iddo am ofalu am ei phlanhigion, petai hi'n medru. Ac eto, mewn difrif, oedd pwrpas iddo ymlafnio i'w cadw nhw'n fyw o gwbl? Doedden nhw ddim yn cael sylw gan neb arall, roedd hynny'n sicr. Y tro nesaf yr âi i Poundland, efallai y byddai'n mentro prynu ambell un o'r rhai plastig yna'n eu lle. Byddai angen rhoi trefn ar y cardiau Nadolig a'r papurach oedd wedi eu pentyrru'n blith draphlith ar y bwrdd bach hefyd. Ar frig y bwndel, roedd llythyr *round robin* blynyddol ei frawd. Roedd Keith wedi derbyn yr un llythyr ei hun rai dyddiau'n ôl, ac wedi synnu mor dal erbyn hyn oedd Jonas a Valentina yn eu llun stiwdio blynyddol. Doedd hynny ddim yn syndod chwaith, o ystyried fod y ddau yn byw eu bywydau mewn coleg erbyn hyn.

Er na fyddai Keith yn lleisio ei gŵyn i'r un bod byw, roedd cyfrifoldebau bod yn atwrnai yn dechrau pwyso arno. Dychmygai David yn edrych i lawr ar ei bwll, o falconi ei dŷ crand. Ac yntau yn gydberchennog cwmni cyfreithwyr llwyddiannus yn Zürich ers setlo yno i fagu ei deulu, roedd ei frawd bach wedi ymddeol yn gyfforddus erbyn hyn, ond roedd o'n dal i fwynhau hwylio llong lewyrchus ei fywyd. Doedd Keith ddim yn deithiwr anturus fel fo. A dweud y gwir, doedd o ddim wedi teithio ymhellach na Blacpwl, a heb lwyddo i gadw unrhyw swydd yn hirach nag ychydig fisoedd, rhwng bod ar gael i ofalu am ei fam a phob dim.

O'r diwedd, roedd y ddynes am ei throi hi. Caeodd ei siart â chlep cyn rhoi ffluch i'r carton diod i mewn i'r fasged sbwriel. Ysai Keith am rywbeth i dorri syched. Paned fyddai'n dda – roedd y lle mor drybeulig o boeth – ond pur anaml y byddai'r staff yn cynnig un iddo.

"Hon yn hogan dda i ni, dydach Pat? Y lleill sy'n creu traffarth 'de, dol!"

Chwarddodd Meryl yn iach a brasgamu i'w chell nesaf. Rhythodd ei fam yn wag ar gefn ei dwylo. Roedd hi wastad wedi bod mor barod ei barn, ar hyd ei bywyd. Rhyfedd oedd ei gweld hi fel hyn.

"A' i nôl dŵr i chi, ie Mami?"

Wrth redeg y tap yn yr ystafell ymolchi fechan, ystyriodd Keith faint o amser oedd gan ei fam cyn croesi i'r ochr draw. Fyddai hi ddim yn hir, does bosib, a hithau'n prysuro at ei chant erbyn hyn. Dychmygai'r glaw yn disgyn ar ei war wrth i David ac yntau ollwng eu mam i mewn i geg ei bedd. Digon posib y byddai David yn barod i ysgwyddo ychydig o'r baich ar yr unfed awr ar ddeg…

Pan ddychwelodd Keith at erchwyn y gwely, roedd ei fam yn anwesu'r llun o David a hithau. Gosododd Keith gaead y bicer plastig yn ei le a'i gyflwyno'n ofalus o dan ei gwefusau. Roedd hi'n mwmian rhywbeth yn isel wrth iddi gymryd hoe o'r sipian. "Di… Di… olch… David…" Nodiai ei fam ei phen rhyw fymryn i gyfeiriad Keith cyn cau ei llygaid drachefn. Doedd o ddim byd tebyg i'w frawd bach talsyth, ond nid dyma fu'r tro cyntaf iddi feddwl mai David oedd yno.

Tynnodd Keith y cyrn ceirw plentynnaidd oddi ar ei phen a symud y cudynnau gwallt o'i llygaid. Wrth ei helpu i sipian ei dŵr, sylwodd Keith ar y clais oedd i'w weld o hyd ar ei braich. Sawl wythnos oedd wedi pasio erbyn hyn…? O leiaf roedd y clais yn dechrau pylu. Sut cafodd hi'r un diweddaraf? Gwyddai Keith gymaint o bwysau oedd ar staff y cartref rhwng yr holl alwadau oedd arnyn nhw, ddydd a nos. Ai cleisio wrth gael ei chodi'n rhy frysiog ar ryw fore prysurach na'r arfer achosodd hyn tybed?

Clais porffor oedd o. Staen porffor, dwfn, fel llechen yn y glaw. Dychmygai ei fam yn ei hieuenctid ers talwm, yr holl flynyddocdd hynny'n ôl, yn morol am de bach i'w theulu – yr adeg yma o'r flwyddyn, o bosib – plethiad o fodrwyau papur yn crogi o'r nenfwd uwch eu pennau, a chnau castan melys yn rhostio yn y grât agored. Oedd hi wedi gweld eisiau Llechwedd a'i glogwyni gormesol? Roedd degawdau wedi pasio ers iddi fudo a mentro byw bywyd dinas. Ar ôl i odrau ei bywyd ddadfeilio oedd hynny wrth gwrs... Treuliodd ei fam dros ddwy draean o'i bywyd ymhell o'i thylwyth. Sut brofiad fu hynny? meddyliodd Keith. Petai hi wedi aros yn y gogledd, yn hytrach na symud i'r de ar ôl i iechyd ei gŵr dorri, buasai wedi gallu derbyn help llaw ei theulu, mae'n siŵr, yn lle gorfod ymdrechu i fagu'r bechgyn ar ei phen ei hun bach, heb ei gŵr yn gefn.

Syllodd ar ddwylo ei fam. Dwylo eiddil a gwan oedden nhw erbyn hyn, ond cof plentyn o ddwylo garw, pwerus, oedd gan Keith. Fo fyddai'n derbyn llaw gadarn ei fam yn ddi-ffael, tra mai gwên deg a mwythau fyddai David yn ei gael bob amser. Sawl clais a dderbyniodd Keith ganddi ar hyd y blynyddoedd ffurfiannol hynny? Fo, y brawd mawr, fyddai'n derbyn ei chynddaredd a'i rhwystredigaeth. Dyna oedd y drefn.

Heb feddwl, estynnodd Keith am law ei fam. Daliodd hi'n ofalus yng nghledr ei law. Synnodd at ei chynhesrwydd. Pryd ddaliodd o yn ei llaw ddiwethaf, tybed? Fedrai o ddim cofio. Teimlai'r meddalwch o dan y cymalau cnotiog a sylwodd o'r newydd ar yr ewinedd llaethog oedd fel petaen nhw'n llifo i wead y croen. Onid dyma'r dwylo oedd hefyd wedi mwytho ei ruddiau gwlyb yn ystod yr holl nosweithiau di-gwsg hynny ers talwm? Y dwylo oedd wedi tendio ar friwiau ei blentyndod? Dwylo ei fam.

Wrth i'w law gydio'n dyner ym mreuder ei llaw hithau, edrychodd Keith i fyw ei llygaid pŵl. Plethodd eu dwylo'n un.

GORWELION

*A*R EIN FFORDD nôl i'n hystafell oedden ni – finna'n ysu i ddal bws, wedi ymlâdd a dim awydd cerdded yn agos at dair milltir yn y glaw smwc. Ond fedrwn i ddim – doedd gen i ddim teirpunt pum deg i'w sbario.

* * *

Hon ydi fy hoff le ar y Tir Diarth. Fan hyn bydda i'n pasio wrth fynd i'r swyddfa i brofi fy mod yn dal yma a gofyn am yr hawl i aros. Fan hyn, yng nghyntedd yr eglwys, bydda i'n hel llyfrau lliwgar plant bach i ti, lle mae'r llun o'r goeden fawr a'r dail bach â'u llond o weddïau plant ar ei brigau. Dim ond un neu ddau o'r llyfrau fydda i'n eu cymryd bob tro. Dwi ddim am fod yn farus. Fedra' i ddim deall pam fod pobl yn cael gwared arnyn nhw a dweud y gwir. Mae'r rhan fwyaf ohonyn nhw cystal â bod fel newydd.

Dwi'n mynd i dy helpu di i ddysgu darllen, gynted ag y medra i. Mi wneith hyn agor drysau i ti yn yr hen fyd garw yma, gobeithio.

* * *

Mae 'na ddrws cul sy'n arwain at y tŵr ar ystlys yr eglwys, a phob tro bydda' i'n ei basio, mi fydd gen i ysfa i gamu dros y trothwy a dringo at frig y tŵr.

Wel, heddiw, goeli di neu beidio, roedd 'na glwstwr o bobl yn ciwio o'i flaen, yn barod i ddringo! Rhan o'u Gŵyl Aeaf flynyddol oedd agor y tŵr, esboniodd y wraig glên wallt coch i mi wrth iddi dywallt fy ail goffi – ffordd o hel at y coffrau, agor y drysau... Ar ei chardigan wlân, mi ddarllenais ei henw ar fathodyn papur, 'Menna' wedi ei nodi arno'n glir i ymwelwyr fel fi. "Hoffech chi ymuno?"

Pum punt oedd y ffi i ymuno â'r ciw, felly ysgwyd fy mhen wnes i wrth gwrs. Ond dyma hi'n dweud bod dim gwahaniaeth, cyn gwthio cacen fach fflat gyda chyrens ynddi yng nghledr fy llaw. Doedd dim rhaid talu, meddai, os nad oedd gen i newid.

Roedd y gwragedd annwyl yma â'u croeso yn f'atgoffa fi o fy modrybedd, yn ymgynnull yn y gegin gefn ers talwm. Tebotiad o'r te mynydd traddodiadol, peraroglus, ar ganol y bwrdd o'u blaenau, a'r awyr yn drwch o gynhesrwydd a pherthyn. Sŵn saff eu mân glebran a thynnu coes.

Cefn agored oedd i sandalau y gwragedd yma hefyd. Mymryn bach o sawdl, heb fod yn ormodol; sgertiau hir, patrymog, ond ymarferol.

Efallai bod modrybedd yr un fath ym mhob gwlad.

* * *

Mi ges i fy annog i gael cip ar yr eglwys ei hun cyn i mi ymuno â'r criw nesaf a fyddai'n dringo. Petruso wnes i'n gyntaf. Bron na wnaethon nhw ein cario ni'n dwy dros y trothwy fel fflyd o angylion.

Ar fy ochr chwith, wrth y drws, roedd bedyddfaen enfawr. Ar y waliau, wedyn, roedd sawl llun o Fair, ac Iesu'n glòs yn ei breichiau. Ei hwyneb yn bryderus. Ymylon ei cheg yn troi, fel petai hi'n gwybod beth fyddai'r gwewyr oedd o'i blaen. Trwy'r ffenest liw, roedd stribed o olau.

* * *

Ar fy ffordd allan, roedd fy mhaned yn dal yn gynnes, felly mi eisteddais ynghanol y llyfrau er mwyn mwynhau'r gweddill ohoni. Ro'n i'n teimlo'n rhy swil i ymuno yn sgwrs fyrlymus y gwragedd oherwydd fy Saesneg herciog. O fy mlaen, roedd poster wedi ei lamineiddio ar yr hysbysfwrdd:

Os wyt ti wedi ymlâdd, gorffwysa.

Os nad wyt ti'n teimlo fel siarad, arhosa'n dawel.

Does dim angen i amser gael ei lenwi.

Rwyt ti'n ddigon, fel yr wyt ti.

Mi dynnais i lun o'r poster ar fy ffôn. Wedyn, mi roddodd un o'r gwragedd feiro a thaflen i mi ei llenwi (mae angen llenwi taflenni i fynd i bob man, mae'n debyg, hyd yn oed i ddringo tŵr eglwys!). Ei llond hi o gwestiynau a blychau i'w ticio. Dim syniad gen i beth oedd ambell air yn ei olygu chwaith, er 'mod i'n mynd yn fwy hyderus bob wythnos.

Oes poen cefn gennych? Dyna oedd y cwestiwn cyntaf.

Wedyn: Ydych chi'n feichiog? Ro'n i'n adnabod y gair yna. Beichiog...

Dyna fi'n penderfynu peidio rhoi tic yn y blwch hwnnw. 'Nes i beidio. Ac ro'n i'n ymwybodol 'mod i'n dweud celwydd wrth y ficer siriol pan roddais i'r daflen yn ei law. Ro'n i'n teimlo rhyw euogrwydd rhyfedda'n cnoi y tu mewn i mi. Ond roedd yn rhaid imi gyrraedd top y tŵr yna. Roedd rhaid i mi.

Agorodd y drws – mi fedrwn i weld y grisiau cul yn nadreddu i fyny.

"Ydan ni'n barod?" gofynnodd y ficer, cyn arwain y ffordd.

* * *

Roedd glöynnod byw yn cyhwfan y tu mewn i mi wrth i ni ddringo'r grisiau troellog heb wybod beth oedd i ddod. Mi ddaliais yn y rhaff yn dynn, dynn, nes bod fy ngarddyrnau'n goch. Doedd fiw i mi ollwng fy ngafael...

Yn union o fy mlaen, roedd dynes fawr mewn jîns tyn. Beth petai hi'n llithro wrth ollwng gafael? Mi fydden ni i gyd wedi bod oddi tani fel rhes o ddominos wedyn ar y cerrig oer! Pam bues i mor hunanol? Beth petawn i'n disgyn a finna â chargo mor werthfawr i'w gario?

* * *

Mi gafon ni ein cymell gan y ficer i ddringo ar hyd ymyl y wal, yr ochr fwyaf llydan. I fyny ac i fyny yr aethon ni. Heibio i'r clychau enfawr yn eu hystafell gyfyng. Ac am eiliad roedden ni'n dwy yn ôl yno. Yn y lle dieflig hwnnw, y waliau'n cau amdanom a nunlle i ffoi. Roedd yr awyr yn drwm ac mi fedrwn deimlo fy anadl yn cyflymu, fy mrest yn tynhau...

"Popeth yn iawn i lawr fan'na?" Teimlai llais sionc y ficer ymhell, bell o'r fan lle roeddwn i, ond fe wnaeth ei eiriau fy nadebru. Dod â mi yn ôl at fy nghoed.

"Gymrwn ni ein hamser, ylwch. Dim brys o gwbwl. Cofiwch adael bwlch rhyngoch chi a'r person nesaf atoch chi, iawn trŵps?"

* * *

A'r funud nesaf, rydan ni yno! Ar ben y tŵr. Ar ben fy nigon...

Mae'r golau'n llachar, llachar o'n cwmpas ni, a'r gwenoliaid yn codi'n chwareus o'r bondo. Dwi'n teimlo'r gorwelion yn lledu...

Mae 'na goeden sydd mor uchel â'r tŵr draw acw, ond fel arall, mae pob dim yn fychan, bach... Y cerrig beddi fel blychau matsys, a'r blodau lliwgar sy'n eu haddurno fel conffeti mân. Gwalltiau twt siwgr candi'r hen wragedd yn ddotiau gwyn o amgylch eu troli coffi, a dau ddyn ar eu cwrcwd, yn gosod torch ar fedd newydd.

Ond dwi'n edrych i fyny!

Dwi'n anwybyddu'r ficer sy'n dangos i'r criw lle mae'r hanner cant o gerrig beddi'r rhyfel gan gymell pawb i dynnu lluniau panoramig o'r olygfa. Dwi jesd yn sefyll yn syfrdan, reit yn y canol, ar y blwch metel ynghanol y tŵr, fel 'mod i'n uwch na phawb. Dwn i ddim o lle dwi'n cael yr hyfrdra. A does gen i ddim mymryn o ofn yr uchder. Dim mymryn.

"Fedrwch chi weld y ddinas i gyd o fan hyn," cyhoedda'r ficer, gan ddechrau pwyntio'n frwd at lefydd gwahanol â'i fys. Mast teledu... Mosg... Canolfan sgleiniog yn y Bae sydd fel rhyw grwban euraidd... Y Stadiwm Rygbi... A draw fan acw, yn y pellter, mae'r ysbyty – y man lle ga' i dy gyfarfod di, cyn bo hir.

Dwi'n hoffi'r teimlad. Yr edrych i lawr yma ar yr holl strydoedd dieithr rydan ni'n dwy wedi straffaglio i'w cerdded cyhyd.

Mi alla' i glywed y ficer rŵan yn enwi'r ddwy ynys sy'n codi fel cyfrinach ym mhen draw'r môr. I feddwl mai'r un dŵr sy'n llifo i draethau ddoe – yr holl gannoedd o filltiroedd hynny i ffwrdd...

Dyma nhw, felly, fy nhrysor bach. Gorwelion newydd ein byd.

* * *

DIOLCHIADAU

Diolch i feirniaid cystadleuaeth Y Fedal Ryddiaith 2023, Menna Baines, Lleucu Roberts ac Ion Thomas, am eu sylwadau caredig yn y *Cyfansoddiadau a'r Beirniadaethau*. Diolch i Salah Rasool a Ruth Gwilym Rasool am y darlleniadau sensitifrwydd. Diolch hefyd i Anwen Hooson, Laura Wyn Jones a Celyn Morris am eu cefnogaeth, ac i dîm y Lolfa ac Alun Jones am hwyluso'r gwaith o gyhoeddi'r gyfrol. Diolch o galon i fy rhieni, a diolch i Huw am fy nghymell i ysgrifennu'r gyfrol hon.